THE KLINGON DICTIONARY

BY MARC OKRAND

クリンゴン語辞典

マーク・オークランド◆著　茶月◆訳

原書房

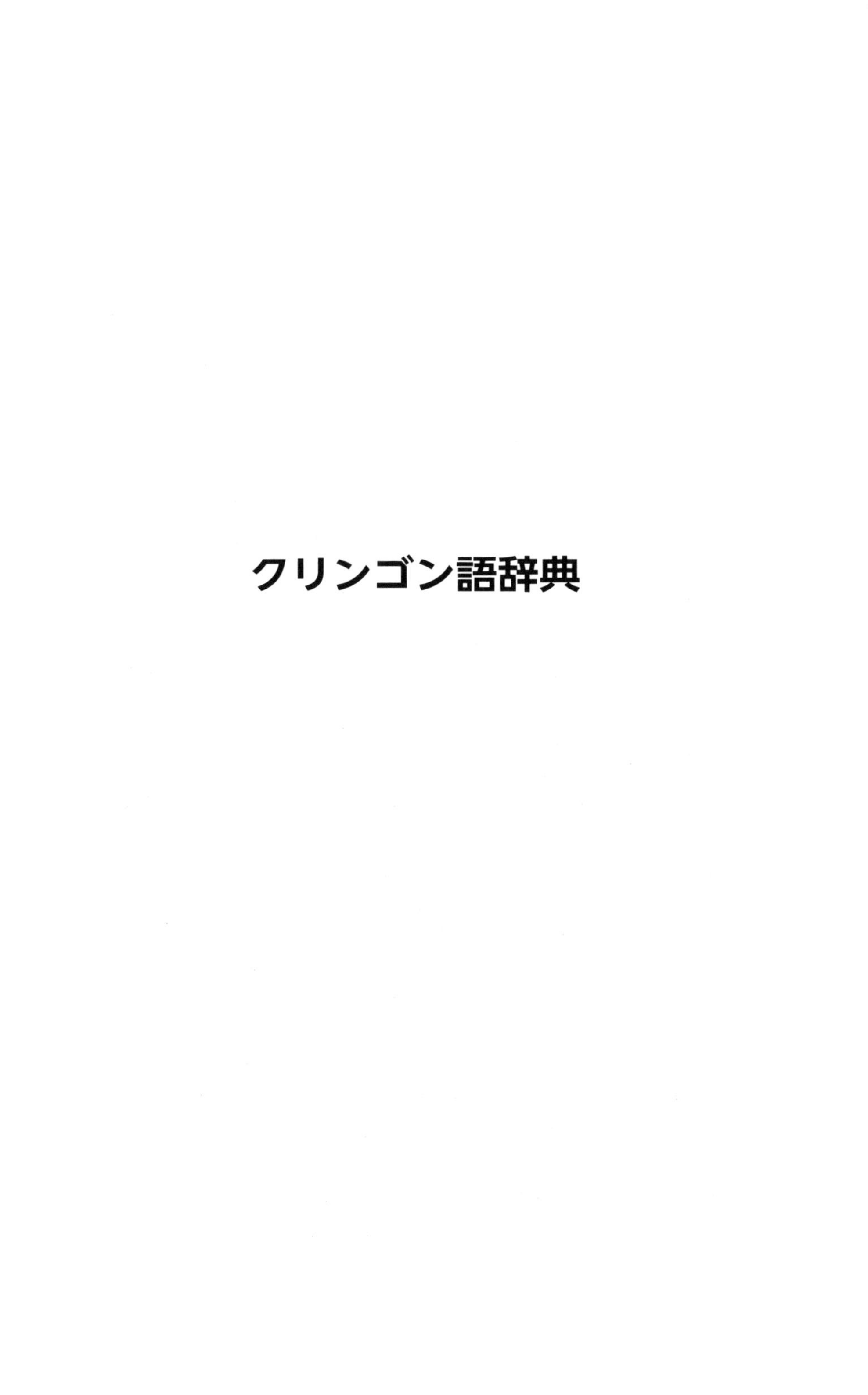

クリンゴン語辞典

訳者まえがき

宇宙翻訳機があれば、他の言語、ましてや異星の言語を学ぶ必要はない、と考えている人もいるでしょう。

しかし、全ての言語には、その言語を使う人々の生活・文化が深く溶けこんでいます。日本語の「稲」「米」「ご飯」「めし」が英語ではどれもriceとなり、区別するにはboiled riceのように2語にする必要があったり、逆に英語では「牛」を bull、cow、calf、ox、veal と 1 単語で区別したりします。日本語の出世魚が大きさによって名前が全く違ったものに変わるように、モンゴル語では羊や馬に 1 歳ごとにそれぞれ異なる呼び名があります。

またどの言語にも独自の特徴があります。例えば、アイヌ語には話し相手を含む「私たち」と話し相手を含まない「私たち」を違う言葉（クリンゴン語と似た人称接辞）で表すなどの独自色があります。日本語の「氷」は、間違いなく「(水が) こおる」の名詞形ですが、アイヌ語で氷を意味する rup は「とけるもの」が原義です。昔の日本人にとっては通常接するのは液体の水だったので、氷はそれが「こおったもの」であり、アイヌ文化圏では周辺に固体で存在している氷を「溶かして」水にして使うものであった、という文化や環境の違いが表れています。これを理解せずに rup を「氷」と訳されただけでは、言語とその背景にある文化を理解したとは言えません（ちなみに「ルイベ」の「ル」がこの ru「とける」です)。

また、「吾輩は猫である」を英語で I am a cat と訳しても、猫が「吾輩」と言う、硬くてやや尊大な一人称を使っている独特の滑稽味は出せません。この一人称の出す雰囲気は、多くの言語に翻訳不可能であり、翻訳機を通した訳では味わえないでしょう。

日本語で「人々（人人)」と言うと単なる複数でなく「不特定多数の人」のような意味になり、マレーシア語では mata「目」を重ねて mata-

mataとすると「スパイ」の意味になる、中国語では動詞を重ねると「ちょっと～する」、例えば「休息休息」で「ちょっと休む」と言う意味になる、など、そう言ったそれぞれの言語の特徴や違いを学ぶことそのものにも楽しさがあるのです。

クリンゴン語では以下のような表現が可能です。

Suvwl' ghaH, 'ach vaj ghaHbe'「彼は戦士だが、戦士ではない」

Suvwl'は具体的な個々の「戦士」を表し、vajはクリンゴンの持つイメージ・概念としての「戦士、戦士らしさ」を表します。したがってこの文は「彼は肩書きはいちおう戦士であるが、戦士らしさに欠けるため本当の戦士とは呼べない」と言うような意味になります。Suvwl'とvajの区別はクリンゴンの文化に根ざした表現であり、機械翻訳ではこれを精確に翻訳する事は難しいでしょう。

そしてその意味を真に理解するには、その言語を学ぶこと以外に方法はないのです。

tlhIngan Hol DaHaDrup'a'?
クリンゴン語を学ぶ用意は良いですか？
Qapla'!

CONTENTS

序

クリンゴン語は、クリンゴン帝国の公用語である。長い間、クリンゴン人以外の者が、有意義な会話を実践できるほどまでクリンゴン語を学ぶことは、限られたわずかな者にしかできなかった。しかし近年、連邦科学調査評議会の援助のもと、クリンゴンの言語と文化を記録・分析する研究が行われている。その究極的目標は教材だけでなく、エンサイクロペディアの作成である。この辞典は、その努力が結実した最初の成果であると言える。

本辞典は、文法概略と辞典本体の、ふたつの主要部分に分けられる。

文法概略はクリンゴン語の文法のおおまかな説明を意図したもので、完全な解説ではない。とは言え、これにより、読者は意思疎通の可能なクリンゴン語表現を使えるようになるはずである。文法概略の規則の多くは、クリンゴンの文法学者たちにより規定された。規則には「常にこうしなければならない」「決して～してはならない」と書かれているにもかかわらず、実際にクリンゴン語が話される時には、これらの規則が崩れることもあると言う点は留意すべきである。言葉を換えれば、規則が示すのは、クリンゴンの文法学者がそれを「最良のクリンゴン語」と認めるものであると言うことだ。

調査はまだ完了していないため、必然的に、この辞典の記述範囲には少々の制限がある。ここに記載したよりも多くのクリンゴン語単語があることは明らかである。とりわけ、大部分が例示されていない三つのグループがある。(1) 科学用語、(2) 固有の道具類・慣習・植物相・動物相、そして (3) 食べ物に関する語彙だ。さまざまな科学に関連する用語は特別研究の対象となっており、レポートは現在作成中である。伝統的な道具類や長年の慣習を表すクリンゴン語は、地球語への翻訳は困難である。土着の植物と動物も同様に、現時点では理解が難しい。そのような事柄は、来たるクリンゴン・エンサイクロペディアでは十分に解明されるだろう。飲食物関連は、リソースが限られていたために欠落している――クリンゴンの食習慣の研究に関与する、食材の調達に問題があったからだ。研究が進むまでは、意味が正しく解釈できない単語のリストを発表することは、不適切であると考えた。

さらにデータが集まって行くにつれ、単語リストは間違いなく発展するだろう。とは言え、この初期段階でも、いくつかの様式が新発見されている。例えば、「ハロー」や「ごきげんよう」「おはよう」のような挨拶の言葉はない。そのような語句がまったく存在しないことは、明白と思われる。二人のクリンゴンが会った時（軍の儀礼により行動が決定されるような場合を除き）、前置き的な性質の何かを口にするとすれば、「何の用だ？」と翻訳される表現が最適であろう。大部分の地球語話者は、挨拶から会話を始めたり、詳細な健康状態を尋ねたり、天気について語ったりするものだが、クリンゴンは簡潔に要点を述べることから会話を始める傾向にある。

また一方で、クリンゴンは彼らの言語を誇りに思っており、しばしばその表現力と美点について長い議論を戦わせるものの、帝国外の者とのコミュニケーションに使うには不向きである、と言う結論にたどり着く。銀河内外のコミュニケーションにおいては、大部分の他の政府に加えて、クリンゴン政府にも英語がリンガフランカ（共通語）として受容されている。おおむねクリンゴンの上流階級（政府の上層部や軍の役人を含む）の者だけが、英語を学んでいる。結果として、英語はクリンゴン社会でふたつの役割を付与された。第一は、階級や地位のシンボルとしてである。英語を知るクリンゴンたちは、自分たちの博識さを見せびらかすために彼ら同士で英語を使い、偶然聞いている者たち全員に、社会における自分の身分を知らしめる。第二に、使用人や兵士、一般人などに話の内容を知られない事が最良だと判断された場合に、英語が使われる。例としては、クリンゴン艦では多くの場合、指揮官はクリンゴン語でクルーに命令を下すが、士官との議論には英語を選ぶことがある。一方で、クリンゴンの士官は、クリンゴン以外の者の面前で、彼らに何が起きているかを知られないようにクリンゴン語を使うこともあるだろう。このクリンゴン語の使い方は、なかなか効果的なようである。

クリンゴン語には複数の方言がある。この辞典では、その内の、現在の皇帝が話す方言を解説している。歴史的事実として、いかなる理由であれ皇帝が代替わりした際に、次の皇帝が異なる方言を話していた事はあった。その結果、新皇帝の方言が新たな公用語となるのである。公用語が話せないクリンゴンは馬鹿者か危険人物とみなされ、彼らはたいてい、公用語話者が嫌がるような仕事を強制される。大多数のクリンゴンは、いくつもの方言で流暢に話せるよう努めている。

いくつかの方言は、この辞典で紹介する方言とはわずかに異なるだけである。その違いは語彙の違いである傾向があり（例として、「ひたい」を表す単語は、ほぼ全ての方言ごとに異なる）、また数種類の発音の違いがある。また一方で、いくつかの方言は現在の公用語とは大きく異なっており、それらの方言の話者は、当然、公用語話者との会話に非常な困難を伴う。クリンゴン語学習者は、会話に挑む前に、クリンゴン帝国の政治情勢を調べておくよう注意するべし。

クリンゴン語には本来の書記体系があり（pIqaD（ピカド）と呼ばれる）、さまざまな方言にとても適しているように思われる。この書記体系はまださほど解明されていないため、この辞典では使用しない。代わりに、ローマ字アルファベットを元に考案された音写体系を用いる。ピカドの詳しい解説に関する記事は、クリンゴン・エンサイクロペディアに向けて作成中である。

この辞典の文法概略の部分は、クリンゴン語は太字で、日本語訳はカギカッコ付きで表記する。

例：**tlhIngan**「クリンゴン」

また日本語訳文は、クリンゴン語の原文の意味をつかみやすい事を優先して、直訳調にしてある。

著者は、この研究を実行するために利用できる資金を設けてくれたことを、科学調査評議会に感謝したいと思う。同様に、辞典の草稿の粗探しに、大変な助力をいただいた連邦中間言語学会の多数のメンバーにも感謝したい。著者はいかなる誤りについても謝罪し、そのどれもが不幸な誤解へとつながらないことを、心より願っている。

最後に、多大な称賛を受けてしかるべき、当辞典の基礎となった、あらゆるクリンゴン語のデータをもたらしてくれた情報提供者へ。彼は、連邦の捕虜であるにもかかわらず、連邦市民が知識を得られるようにするため、長時間、懸命に働いてくれた。マルツ（Maltz）よ、我々は君に感謝する。

1
クリンゴン語の発声

音韻論用語や解剖学用語なしで、クリンゴン語の正確な発音を説明することは難しい。従って、以下に発音の指針のみを示そう。地球やその他の訛りが混じらないクリンゴン語の発音を学ぶ最良の方法は、クリンゴン人たちの友人になって、彼らとの付き合いに長時間を費やすことである。訛りのないクリンゴン語を話す非クリンゴンは、ほとんどいない。

当辞典で使うクリンゴン語表記は、すでに英語を読める人向けに、ほぼ正確なクリンゴン語の単語の発音と文法を、最小限の困難で理解できるように開発された。［日本語版では IPA（国際音声記号）と日本語での呼称を追加した］

[1.1.] 子音

b

ほぼ「バ・ビ・ブ・ベ・ボ」の子音の音。一部のクリンゴンだけは、この音を m と b をほとんど同時に出すように発音する。日本語話者は、「陰謀（imbo)」の -mb- 部分を早く言うとこれにかなり近い音を出せる。ごく少数のクリンゴンは、この b を m のように発音する。(IPA[b] 有声両唇破裂音)

ch

「チャ・チ・チュ・チェ・チョ」の子音の音。ただし舌の先端だけを上の歯茎に付けて発音するように注意。(IPA[t͡ʃ] 無声後部歯茎破擦音)

D

「ダ・デ・ド」の子音 d に近いが、同じではない。d の音は舌の先端を上歯茎に付けて出す。クリンゴン語の D は舌の先端を上あごの中心、歯と軟口蓋の中間点よりやや内側に触れる。b の時と同じように、少数のクリンゴンは D を nd のように発音する。また特異なマイノリティは、n のように発音する。だがもちろん、舌の位置は D と同じである。(IPA[ɖ] 有声そり舌破裂音)

gh

これは日本語にも英語にも似た音はない。舌は「ガギグゲゴ」と同じ位置に置き、舌を緊張させず唸り声を出す。クリンゴン語の H(後述)と同じだが、こちらは発音する時に声帯を振動させる。(IPA[ɣ] 有声軟口蓋摩擦音)

H

これも日本語や英語にはないが、ドイツの作曲家バッハ(Bach)や、イディッシュ語の乾杯のかけ声 l'chaim の ch の音、またメキシコの都市 Tijuana(ティフアナ)や Baja California(バハ・カリフォルニア)の j の音によく似ている。クリンゴン語の gh と同様に発音するが、荒くて強い、かすれた音を出す。gh と違う点は、H を発音する時には声帯が振動しないことである。(IPA[x] 無声軟口蓋摩擦音)

j

英語の junk の j の音。フランス語の j や、日本語の多数の話者が発音する「ジャ・ジ・ジュ・ジェ・ジョ」と異なり、舌の先を上の歯茎後部に当ててから離して出す音。(IPA[d͡ʒ] 有声後部歯茎破擦音)

l

英語の l の音。舌の先端を上の歯茎に付けて出す。(IPA[l] 歯茎側面接近音)

m

「マ・ミ・ム・メ・モ」の子音の音。b を m と発音する少数のクリンゴンは、baH「(魚雷を)発射する」と maH「私たち」を同じように言うので、そ

れぞれの単語のスペルを暗記しておく必要がある。(IPA[m] 両唇鼻音)

n

日本語の「艦隊」「本能」などの、後ろに t、d、n、r の音が続く場合の「ン」の音。舌の先を上の歯茎に当てて発音する。D を n のように発音するクリンゴンは、簡単にこのふたつの発音を使い、また聞き分けられる。n に似た D 音はクリンゴン語の D と同じ舌の位置で発せられ、日本語「ダ・デ・ド」の位置ではない。クリンゴン語の n 音は「ダ・デ・ド」と同じ舌の位置で発音される。(IPA[n] 歯茎鼻音)

ng

英語の long、thing などの ng に似た音。日本語では「銀行」「援護」と言う時の、後ろに k、g が続く場合の「ン」がこの音になっている。舌の根本の方を持ち上げて、一瞬軟口蓋を閉じて出す。またガ行鼻濁音と呼ばれ、母音が続く場合は「カ°キ°ク°ケ°コ°」と表記されるが、意識して発音できない日本語話者も多い。決して「ン・グ」と言う 2 音ではない。英語ではこの音が語頭に現れることはないが、クリンゴン語では数多くの単語で語頭に来る。(IPA[ŋ] 軟口蓋鼻音)

p

「パ・ピ・プ・ペ・ポ」の子音の音。ゆるく発音せず、常に強く息を吐き、破裂音を出す。英語・日本語話者は、この音を、唾液を飛ばさずに発音する方法を学びたい、と望むものだが、クリンゴンは唾液が飛ぶことなど気にしない、という点を留意すべきである。(IPA[pʰ] 無声両唇破裂音の有気音)

q

「カ・キ・ク・ケ・コ」の子音に近いが同じではない。カ行の舌はクリンゴン語の gh や H と同じ位置である。クリンゴン語の q は、舌の根本を、上あごの、gh や H より後ろの地点に付ける。実際に口蓋垂に舌が届くか触れるかするので、q を発音する時は、ほとんど窒息したような音が出る。普通この音は空気を吐く音を伴う。英語 quagmire の kw の音とは違う点に注意すること。(IPA[qʰ] 無声口蓋垂破裂音の有気音)

Q

日本語・英語には、これに似た音は間違いなく存在しない。クリンゴン語の q をさらに強調したもので、咽喉から出る、強くはっきりしたかすれた音を除けばクリンゴン語の q と同じであり、q と H がやや混ざり合った音である。(IPA[q͡χ] 無声口蓋垂破擦音)

r

これは日本語・アメリカ英語の r とは異なるが、多くのヨーロッパの言語にある r と同様に、イギリス英語のいくつかの方言にある r に似ている。舌を震わせる、軽い巻き舌音である。(IPA[r] 歯茎ふるえ音)

S

「サ・ス・セ・ソ」と「シャ・シ・シュ・シェ・ショ」の子音の中間の音である。舌の先端を上あごの、クリンゴン語の D を出す時と同じ場所に当てる。(IPA[ʂ] 無声そり舌摩擦音)

t

「タ・テ・ト」の子音に似た音。2 つの意味でクリンゴン語の D とは異なる。(1) p のように、空気を吐く音を伴う。(2) 舌の先端は D よりも前の部分に当てる。(IPA[tʰ] 無声歯茎破裂音の有気音)

tlh

この音は日本語にも英語にも存在しないが、正確に発音した場合、アステカ民族の言語［ナワトル語］で「卵」を意味する tetl の終わりの音に酷似している。この音を出すには、舌の先端を t と同様に上歯茎に付け、舌の両脇を上の左右の奥歯から下げて、舌の両脇と下の左右の奥歯との間に強く息を通す。この音は相当な摩擦音を伴う。また p の項目で書いた、適格な留意点を読み返しておくべきである。(IPA[t͡ɬ] 無声歯茎側面破擦音)

v

英語の vulgar や demonstrative の v の音。上の前歯の先を下唇に触れて出す。なお、クリンゴン語に地球語の f の発音は無く、f 音をクリンゴン語に音訳すると v になる。(IPA[v] 有声唇歯摩擦音)

w

　だいたい英語の worrywart や cow の w 音、「ワ・ヲ」の子音の音。まれにだが、特に話者がかなり慎重な時に強く発音されると、Hw や Huw の音に近くなる。（IPA[w] 有声両唇軟口蓋接近音）

y

「ヤ・ユ・ヨ」の子音の音。日本語と違い、イの段やエの段もあるので注意。舌の前半分を持ち上げて上あごに近づけ、「ヤ・ユ・ヨ」の舌の位置のまま「イ」「エ」と言うようにすると yI や ye の音になる。（IPA[j] 硬口蓋接近音）

'

　アポストロフィは英語の省略記号とは違い、頻繁に発せられる発音を示す。これは声門閉鎖音であり、日本語では「悪化」「血管」などの「っ」の音に似る。クリンゴン語で単語の最後に ' が付く場合、' の前の母音が、非常に小さなささやき声のように反響することが多い。従って、クリンゴン語 je' は、ほぼ je'e のようになり、先の e は急に切られて、次の e はわずかに聞き取れる小声になる。' が、w や y に続いて単語の最後に来る場合、大抵ささやき声はそれぞれ u や I の反響音になる。時折、反響音がはっきりと聞こえる場合には、反響する母音の前に喉音の gh に似た音が生じる。例えば、yIlI'「送信しろ」は yIlI'ghI のような音になる。この猛烈な反響音は、多くの場合、話者がとりわけ興奮または激昂している時に聞くことがある。（IPA[ʔ] 声門閉鎖音）

[1.2.] 母音

a

　英語の psalm の a に似た音。日本語の「ア」より口を縦に大きく開いて、口の奥の方で発声する。（IPA[ɑ] 非円唇後舌広母音）

e

　英語の sensor の e に似た音。日本語の「エ」より少し縦に口を開いて出す。（IPA[ɛ] 非円唇前舌半広母音）

I

英語のmisfitのiに似た音。日本語の「イ」より口を縦に開いて出す。時々、zucchiniのi（口を左右に引いて出すイの音）のように発音されるが、非常にまれであり、どんな状況で起こるのか、正確に説明することはまだできない。(IPA[ɪ] 非円唇前舌め広めの狭母音)

o

英語のmosaicのoに似た音。日本語の「オ」よりも少しだけ口を狭めて出す、「オ」によく似た音。(IPA[o] 円唇後舌半狭母音)

u

英語のgnuやpruneのuに似た音。日本語の「ウ」よりも口を丸め、唇を突き出して発声する。(IPA[u] 円唇後舌狭母音)

母音にwやyが続いた時、その連続した文字は英語でのスペルと同じ音を表すわけではない。

クリンゴン語	英語の同韻	それを含む英単語
aw	ow	cow
ay	y	cry
ey	ay	pay
Iy	ey	key
oy	oy	toy

クリンゴン語のuyは英語gooeyのooeyに似ている。クリンゴン語のewに似た英単語はないが、クリンゴン語のeとuをまとめて出すことでほぼ正確な音を出せる。同様に、クリンゴン語のIwはIとuを一息に発する。クリンゴン語にowやuwと言う綴りはない。これらを発音しても、oとuそれぞれの終わりの音と区別が付かないだろう。

[1.3.] 強勢（アクセント）

通常、2音節以上のクリンゴン単語は、それぞれ1つの強勢の置かれた（またはアクセントのある）音節を含む。強勢のある音節は、強勢のない音節よりも少し高く、少し強く発音される。［日本語の高低アクセントと英語の強弱アクセントを併せ持つ］

動詞の場合、通常は接頭辞でも接尾辞でもなく、動詞それ自体に強勢が置かれる。ただし、終わりに ' が付く接尾辞が、動詞との間に最低でも 1 つの他の接尾辞を挟んでいる場合、動詞とこの ' の付く接尾辞の両方に強勢が置かれる。さらに、いずれかの接尾辞がその意味を特別に強調される時には、その接尾辞の音節に強勢が移動する。否定と強調を示す接尾辞(4.3 節)は頻繁に強勢が置かれる。疑問の接尾辞も同様である(4.2.9 節)。

名詞の場合、通常は、最初の名詞接尾辞のすぐ前の音節に強勢が置かれ、接尾辞が無い場合は最後の音節に置かれる。ただし、終わりに ' が付く音節があれば、普通はそこに強勢が移動する。仮に ' が付く音節が 2 つあれば、両方に均等に強勢を置く。

最後に、強勢の置かれる位置が変動するように聞こえる単語がいくつか存在し、それは時によってある音節に強勢があり、またある時は違う音節にあるように聞こえる。この現象はまだ解明されていない。この変動は上述のルールに当てはまらないが、ルールに従う限り、強勢は許容可能な音節に置かれることになる。

この辞典におけるクリンゴン語の表記体系では、強勢は示さない。

2

文法概略 ——序

クリンゴン語の文法の完全な解説、これを簡潔にまとめることは不可能である。以下にはクリンゴン語の文法の概略・概説のみを記す。詳細の大部分をカバーできていないものの、この概略は、クリンゴン語学習者が、クリンゴンが何を言っているのか理解し、いくらか野蛮ながら明瞭な話し方で応答する事を可能にするだろう。ほとんどのクリンゴンは、野蛮と明瞭の違いがまるで分からない。

クリンゴン語には3種の基本的な品詞がある。名詞、動詞、それ以外のもの、である。

3
名詞

クリンゴン語の名詞にはいくつかの種類がある。

[3.1.] 単一名詞

単一名詞は、日本語や英語の名詞同様の、単一の単語である。
例：**DoS**「標的」、**QIH**「損傷」

[3.2.] 複合名詞

一方、複合名詞は 2 つ以上の要素から成り立つ。

[3.2.1.] 合成名詞

合成名詞は、並んだ 2 つか 3 つの名詞から成るもので、日本語の「歯車」（歯プラス車）や英語の password（pass プラス word）と似たものである。例としては、**jolpa'**「転送室」は **jol**「転送ビーム」と **pa'**「部屋」から成る。

[3.2.2.] 動詞プラス -wI'

第 2 の合成名詞は「～する者」「～する物」の意味の動詞接尾辞が接続する形で成り立っている。英語の接尾辞 -er（builder「建築する人」、toaster「トーストする物」）とおおよそ同等である。クリンゴン語の接尾辞は **-wI'** であり、例えば **baHwI'**「射手、砲手」は、**baH**「（魚雷を）発射する」プラス -wI'「～する者」から成る。従って baHwI' は直訳すれば「魚雷を発射する者」となる。同様に、So'wI'「遮蔽装置」は So'「隠す」プラス -wI'「～する物」からできている。So'wI' は直訳で「隠す物」の意味である。

動詞に -wI' を接続してできている名詞は正規の名詞となるので、さらに他の名詞とともに合成名詞を形成するのにも使われる。例えば、tIjwI'ghom「乗船班（敵船に乗り込む部隊）」は、tIjwI'「乗船する者」と ghom「グループ、集団」から成り、さらに tIjwI' は tIj「乗船する」と -wI'「～する者」からできている。

[3.2.3.] その他の複合名詞

多くは 2 音節、さらに割合は少ないが 3 音節から成る、上では説明していないタイプの長い複合名詞がある。これらの名詞は、おそらくかつて単一の名詞だったものが組み合わさって生まれたのだが、その複合名詞を構成する名詞の一部、または全ては、すでに使われなくなっているため、個々のピースの意味を知ることは（より広範な語源学的調査がなければ）不可能となっている。

例えば、'ejDo' は「宇宙船」を意味する。音節の 'ej はまた、'ejyo'「宇宙艦隊」にも含まれる。しかしながら、クリンゴン語の 'ej、Do'、yo' が宇宙船、宇宙艦隊、連邦、あるいはある種の宇宙飛行体と何か関係があるのかはまるで判らない。Do' が古いクリンゴン語で「船」を意味し（現代クリンゴン語では Duj）、今では 'ejDo' 以外では使われていない、と言うことは十分考えられる（日本語の慣用句「ほぞを噛む」などにだけ、古い形の「ほぞ＝へそ」が残っているのと似ているかもしれない）。当然、研究の続報が出るまでは、まったくの推論にとどまる。

[3.3.] 接尾辞

全ての名詞は、単一名詞であろうと複合名詞であろうと、1 つかそれ以上の接尾辞が付くことがあり、それらの接尾辞は明確に決められた順番で発せられねばならない。接尾辞は、名詞に続く相対的な順番に基づいて分類されている。接尾辞には 5 種類あり、それらには便宜上、1 から 5 の数字が充てられている。1 類接尾辞は名詞の直後に付く。2 類接尾辞は 1

類接尾辞のあとに付く。5 類接尾辞は最後に付く。これを図解すると以下のようになる。

名詞 -1-2-3-4-5

もちろん、1 類接尾辞を使わずに 2 類接尾辞を使えば、名詞に直接 2 類接尾辞が繋がる。接尾辞の中で 5 類接尾辞だけを使うなら、それが名詞の直後に付く。2 つ以上の接尾辞を同時に使う時だけ、これらの順序が顕在化する。それぞれの類には 2 つ以上の接尾辞がある。一度に使える接尾辞は、それぞれの類ごとに 1 つだけである。つまり、例えば 4 類接尾辞を 2 つも 3 つも名詞につなげることはできない。

以下に、それぞれの接尾辞を順番に記載する。

[3.3.1.] 1 類：増大辞／指小辞

-'a'「増大辞」

この接尾辞は、これが付いていない状態のその名詞より、より大きい、より重要な、より強力な、と言う意味を付加する。

SuS「風」	**SuS'a'**「強風」
Qagh「間違い、失敗」	**Qagh'a'**「大失敗」
woQ「権力」	**woQ'a'**「最高権力」

-Hom「指小辞」

これは増大辞の反対の意味である。これは、これが付いていない状態のその名詞より、より小さい、より重要でない、より弱い、と言う意味を付加する。

SuS「風」	**SuSHom**「微風、そよ風」
roj「平和」	**rojHom**「休戦、一時的な平和」

[3.3.2.] 2 類：複数

クリンゴン語の名詞も英語と同様、単数では、単数であることを示すための特定の接尾辞は付かない。**nuH**「武器」は、種類に関係なく 1 つの武器を意味する。しかし、英語と異なるのは、複数を表す特定の接尾辞が付いていないからと言って、それが必ず単数を意味するわけではない点だ。

クリンゴン語では、複数接尾辞の付いていない名詞が1つ以上の存在を意味することがある。複数かどうかは、代名詞か、動詞接頭辞（4.1節を参照）か、その他の語（5.1節)、あるいは文脈によって示される。例えば、**yaS**「士官」が一人の士官か複数の士官の集まりかは、文中の他の語句や会話の前後関係による。

比較例：

yaS vImojpu'「私は士官になった」
yaS DImojpu'「我々は士官になった」［日本語では違いがない］

yaS jIH「私は士官だ」
yaS maH「我々は士官だ」

上の2行の文で違うのは、動詞接頭辞（ここでは部分的な説明に留める。4.1節を参照）だけである：**vI-**「私は〜する」、**DI-**「我々は〜する」。下の2行では、代名詞が異なる：**jIH**「私は」、**maH**「我々は」。

状況によっては、その名詞の示す存在が単数か複数なのかを知るには、文脈を読むしかない。従って、**yaS mojpu'** は「彼／彼女は士官になった」とも「彼ら／彼女らは士官になった」とも翻訳できる。この文が使われる会話に参加している者は、誰について話しているのかすでに知っていて、「彼」か「彼女」か「彼ら」「彼女ら」のどれが正しいか、分かっているのだろう。

クリンゴン語学習者にとって幸運なことに、複数形接尾辞が不必要なそう言ったケースに於いても、複数形接尾辞を複数の存在を指している名詞に付けることは、決して誤りではない。故に、**yaS maH** と **yaSpu' maH** はどちらも正しく、共に「**我々は士官である**」と言う意味になる（-pu' は複数形接尾辞)。一方、代名詞が文中にあるとしても、単体を表す名詞に複数形接尾辞を付けることはできない。

クリンゴン語には3種類の複数形接尾辞がある。

-pu'「言葉を話せるものの複数形」

この接尾辞はクリンゴン、地球人、ロミュラン、ヴァルカンなどの複数形に用いるが、下等な種々の動物や、植物、無機物、電磁気、光線、波などには使えない。

yaS「士官」　yaSpu'「複数の士官、士官たち」
Duy「使者」　Duypu'「複数の使者、使者たち」

-Du'「身体の部分の複数形」

この接尾辞は言葉を話せるものとその他の動物の、身体の一部に用いる。

qam「足」　qamDu'「複数の足」
tlhon「鼻の穴」　tlhonDu'「複数の鼻の穴」

-mey「その他一般の複数形」

この接尾辞は上記以外のあらゆる名詞に付けられる。

mID「植民地」　mIDmey「複数の植民地」
yuQ「惑星」　yuQmey「複数の惑星」

これはまた、言葉を話せるものを表す（**-pu'** が付く）名詞に用いることもできる。その場合には、「そこら中に・いたるところにいる、ある」と言う観念が加わる。

比較例：

puq「子供」
puqpu'「子供たち」
puqmey「そこら中にいる子供たち」

接尾辞 -mey は身体の部分に付けることはできない。ただし、クリンゴンの詩人たちはその詩の中で独特の雰囲気を喚起するために、しばしばこの文法規則を破ることもある。そのため、**tlhonmey**「そこら中にある鼻の穴」のような形もありうる。しかしながら、そのような組み合わせの持つ微妙なニュアンスがしっかりと把握できるようになるまでは、クリンゴン語学習者は規則を守ったほうが良いだろう。

最後に、いくつかのクリンゴン語の名詞は、元の形のまま、接尾辞を伴わずに複数を意味する。

ray'「複数の標的」
cha「複数の魚雷」
chuyDaH「複数のスラスター」

これらには、まったく異なった単数形の単語が対応する。

DoS「（ひとつの）標的」
peng「（一発の）魚雷」
vIj「（一基の）スラスター」

これら単数形にも接尾辞 -mey を付けることができる。その場合も決まって「そこら中に・いたるところにいる、ある」と言う意味が含意される。

DoSmey「そこら中の標的」
pengmey「そこら中にある魚雷」（「魚雷全弾発射」と言った文脈で使用可能）

原形で複数の意味を持つ名詞は、文法上は単数名詞として処理される。これは単数の代名詞の扱いが参考になる（4.1 節、5.1 節）。例えば、**cha yIghuS**「魚雷の発射準備をしろ！」と言う文の yI- は、単数の目的語を取る命令形接頭辞であり、目的語が **cha**「複数の魚雷」という複数の意味を持っていても、同じように使われる。

[3.3.3.] 3類：限定

この類の接尾辞は、話者のその名詞に対しての気持ち・姿勢を示すか、または、話者がその名詞についてどれくらい確信しているかを示すものである。

-qoq「いわゆる、世間で言うところの」
この接尾辞は、その名詞が間違って使われているか、皮肉な言い回しであることを表す。**rojqoq**「いわゆる平和」と言った時、話者は単に **roj**「平和」と言った時に比べて、その平和が正真正銘のもの、あるいは長く続きそうなものだと本気では信じていないことを示す。

-Hey「見かけは…である、一見…そうな」
この接尾辞は、ある名詞が表している対象物をその名詞が正確に描写していると、話者がまず間違いないと思っているがいくらか疑っている、ということを示す。例えば、クリンゴン艦のスキャナーが物体を感知したとして、士官はこの存在を推測し報告するがまだ断定はできない、と言う場合、その推測が船であれば、彼はきっと単にDuj「船」と言うよりも、**DujHey**「おそらく船である、船らしきもの」と言及するだろう。

-na'「明白な、確実に…である」
これは-Heyと対称をなす。これは話者の心に、言葉選びの正確性について一切の疑いがない事を示す。上の例のクリンゴン士官が、スキャナーの発見した対象物が明確に船であるとわかったなら、彼は**Dujna'**「確かに船です、間違いなく船です」と報告するだろう。

[3.3.4.] 4類：所有、特定

4類は名詞接尾辞で最大のグループである。全ての所有を示す接尾辞を含み、さらに「この」「あの」と訳される接尾辞を含む。

所有接尾辞：

-wIj「私の」	**-maj**「我々の」
-lIj「あなたの」	**-raj**「あなた達の」
-Daj「彼の、彼女の、それの」	**-chaj**「彼らの、彼女らの、それらの」

例として、juH「家」はjuHwIjで「我が家」、juHlIjで「あなたの家」、juHchajで「彼ら／彼女ら／それらの家」となる。
"所有される"名詞が言葉を話せるものを意味する時には、第一人称・第二人称の所有者を表す専用の接尾辞が使われる。

-wI'「私の」	**-ma'**「我々の」
-lI'「あなたの」	**-ra'**「あなた達の」

これらの接尾辞が見出される例は、HoDwI'「私の艦長」やpuqlI'「あなたの子供」である。普通の所有接尾辞を言葉を話せるものに使う事は、文法上は間違いではないが（例えばpuqlIj「あなたの子供」）、この組み合わせは悪口とみなされる。HoDwIjを「私の艦長」の意味で使う事はタブーに近い。クリンゴン語学習者はこの事を心に留めておくべきである。
1つの名詞がもう1つの名詞を所有している事を表す場合（例：「敵の武器」）には、接尾辞を使用しない。その代わり、2つの名詞を〔所有者-所有されるもの〕の順で**jagh nuH**「敵の武器」（直訳で「敵武器」）と

いう。日本語と同じ語順で並べればよい。(3.4 節を参照)

ある名詞が、話者にどれくらい近いものかを言い表すための 2 つの接尾辞がある。

-vam「この」
日本語訳のように、この接尾辞は、その名詞が近くにある物体であるか、会話の主題となっている物であることを表す。

nuHvam「この武器」(話している私の近くにある)

yuQvam「この惑星」(我々がそれについて話している)

複数形の名詞(複数形接尾辞が付いているか、そのままで複数を意味する名詞)と一緒に使う場合、-vam は「**これらの**」と訳される。

nuHmeyvam「これらの武器」

-vetlh「あの、その」
この接尾辞はその名詞がすぐ近くにはないか、会話で再び取り上げる主題であると示す。

nuHvetlh「あの武器」(あそこにある)

yuQvetlh「その惑星」(我々が今話しているものと対照的に)

複数形の名詞と一緒に使う場合、-vetlh は「**あれらの、それらの**」と訳される。

nuHmeyvetlh「あれらの武器」

クリンゴン語には英語の冠詞(a、an、the)は無い。クリンゴン語から英語に翻訳する場合は、文脈を道しるべに使い分ける必要がある。この本の英語訳では、より自然な英語に聞こえるように a か an か the を使い分けている。[日本語訳では冠詞は関係ないが、他の部分である程度は自然な日本語になるよう気をつけている]

[3.3.5.] 5 類:文法標識

これらの接尾辞は文中でのその名詞の役割が何であるかを示す。英語では通常、文中の名詞の位置で主語か目的語かが示される。以下の 2 つの英文は同じ単語を用いているが、順番によって意味が異なっている。

Dogs chase cats.「犬は猫を追う」

Cats chase dogs.「猫は犬を追う」

クリンゴン語でも同様に、主語と目的語は語順によって示される。これは 6.1 節で説明する。

他に、日本語は名詞の文中での役割を、言葉、とりわけ助詞を加えて示す。

同様にクリンゴン語でも、主語と目的語以外の何かしらを意味する名詞は、その役割を示す専用のしるしを持つ。日本語と違うのは、これが接尾辞を使ってなされる点である。

-Daq「場所」

この接尾辞は、付けられた名詞の近辺で何かが起きている（または「起きた」「起きる」）ことを示す。これは一般的に、日本語の場所に関連する格助詞「…で」「…へ」「…に」などと対応する。厳密な翻訳は文全体の意味によって決まる。例えば、pa'Daq は pa'「部屋」プラス接尾辞 -Daq である。以下のような文章に現れうるだろう：

pa'Daq jIHtaH「私は部屋にいる」
pa'Daq yIjaH「部屋へ行け！」

1 行目は、jIH「私は」が「私は…である、…にいる」の意味（6.3 節参照）で使われていて、ここでは「…に」が最も妥当な -Daq の翻訳となる。2 行目は、動詞は jaH「行く」なので、「…へ」が最も適切な -Daq の翻訳である。英語の前置詞は、翻訳に含まれない場合もある。クリンゴン語 Dung は「上方向」の意味で、DungDaq は「上に」となり、直訳すれば「上方向に、上方向で」のようなものとなる。この前置詞的概念については、さらに 3.4 節で検討する。

日本語の指示代名詞「ここ」「そこ」「あそこ」と「どこでも」は、クリンゴン語では名詞 **naDev**「ここ」、**pa'**「そこ」、**Dat**「どこでも」で表現される点は注意すべきである。これらの単語は、より直訳するならそれぞれ「この周辺の地域」、「あちらの地域」、「全ての場所」となるだろう。他の名詞と異なり、これら 3 つの単語には場所接尾辞が付かない（pa'「そこ、あそこ」と pa'「部屋」は同一の発音だが、pa'Daq ならば「部屋で／に／へ」の意味に限られる点に留意せよ）。

少数の動詞は、その意味の中に場所的観念を含んでいる。**ghoS**「…に近づく、…へ進む」などである。それらの動詞の目的語には、場所接尾辞は使わなくてよい。

Duj ghoStaH「それは船に接近している」(Duj「船」、ghoStaH「それはそれに接近している」)

yuQ wIghoStaH「我々は惑星に向かって前進している」(yuQ「惑星」、wIghoStaH「我々はそれに向かっている」)

もしこれらの動詞と共に場所接尾辞を使ったとしたら、いくぶん重複した文ができあがるものの、まったくの間違いではない。

DujDaq ghoStaH「それは船の方向に向かって接近している」

-vo'「…から」

この接尾辞は -Daq に似ているが、-vo' の付いた名詞から離れる方向への行動にのみ使われる。

pa'vo' yIjaH「部屋から出ろ！」

この文をより直訳するならば、「部屋から行け」となるだろう。

-mo'「…のせいで、によって」

この接尾辞はこのような文で使われる。

SuSmo' joqtaH「風ではためいている」

名詞 SuSmo' は「風によって」と言う意味なので、文全体の直訳は「風によって、それ（旗）ははためいている」となる。

-vaD「…のために、…用に」

この接尾辞は、付けた名詞が、動詞の表す行動や、活動の生じる人や物によって何らかの恩恵を受ける事を示す。

Qu'vaD lI' De'vam「この情報は、任務に役立つ」

名詞 Qu'vaD は「任務のために」の意味で、この文の -vaD は、議論中の任務になんらかの形で使われようとしている事を表している。

-'e'「主題化」

この接尾辞は、付けた名詞を強調して文の主題とする。日本語では時に言葉を強く・大きく発声したり、特殊な言い回しを使って表現するものである。

lujpu' jIH'e'「私こそが敗者である」「敗れた者は、他の誰でもない私である」

De''e' vItlhapnISpu'「私はその " 情報 " を手に入れなければならなかった」「(他の何でもない) その情報こそ私が欲するものだ」

-'e' が無い場合、同じ文のこれらの名詞は強調されず、特別扱いされない。

lujpu' jIH「私は敗者である」

De' vItlhapnISpu'「私はその情報を手に入れなければならなかった」

さらなる -'e' の用法については、6.3 節を参照。

[3.3.6.] 接尾辞の相対的な順序

-vam「この」と -vetlh「あの、その」の考察中 (3.3 節) で簡単に触れたように、1 つの名詞に 2 つ以上の接尾辞が付く時には、説明した通りの分類に従って、厳格な順番に発せられねばならない。5 つの接尾辞が一度に付く事はまれだが、全く起こらないわけではない。以下に、名詞に 2 つ以上の接尾辞が付いた例を数例あげる。

QaghHommeyHeylIjmo'「あなたの小さないくつかのミスらしきもののせいで」

Qagh (名詞)「間違い、誤り」

-Hom (1)「指小辞」 **-mey** (2)「複数」

-Hey (3)「一見…そうな」 **-lIj** (4)「あなたの」

-mo' (5)「のせいで」

pa'wIjDaq「私の部屋で」

pa' (名詞)「部屋」 **-wIj** (4)「私の」

-Daq (5)「場所」

Duypu'qoqchaj「いわゆる彼らの使者たち」

Duy (名詞)「使者」 **-pu'** (2)「複数」

-qoq (3)「いわゆる」 **-chaj** (4)「彼らの、彼女らの、それらの」

ghopDu'wIjDaq「私の両手の上に」

ghop（名詞）「手」　-Du'（2）「複数」
-wIj（4）「私の」　-Daq（5）「場所」

rojHom'e'「休戦」（主題としての）
roj（名詞）「平和」　-Hom（1）「指小辞」
-'e'（5）「主題化」

以上の接尾辞の例は、全て単一名詞のみである。複合名詞（3.2 節）にもまったく同じ方法で加える事ができる。

DIvI'may'DujmeyDaq「複数の連邦戦艦で」
DIvI'may'Duj（名詞）「連邦戦艦」
-mey（2）「複数」　-Daq（5）「場所」

baHwI'pu'vam「この射撃手たち」
baHwI'（名詞）「射撃手」　-pu'（2）「複数」
-vam（4）「この」

[3.4.] 名詞－名詞構文

いくつかの、2 つ以上の名詞を並べた組み合わせは、一般的に日常語に見られる。これらは合成名詞と言う（3.2.1 節で説明）。加えて、合成名詞の様式に則って名詞を結び付ける事で、もしそれが正統でない合成名詞であっても、新しい構成を生み出せる（「正統な」とは、辞典に載っている言葉、と言う意味である）。

この方法で 2 つの名詞を繋げた場合の訳は、名詞 1 －名詞 2 は「[名詞 1] の [名詞 2]」となる。例えば、nuH「武器」と pegh「秘密」は nuH pegh「武器の秘密」となる。3.3.4 節で述べたように、これはある名詞が他の名詞によって所有される、クリンゴン語の所有構文である。

名詞－名詞構文では、5 類接尾辞は名詞 2 にだけ付けられる。一方、それ以外の 4 種の接尾辞は両方の名詞に付けられる。

例：

nuHvam pegh「この武器の秘密」
nuH（名詞）「武器」　-vam（4）「この」　pegh（名詞）「秘密」

jaghpu' yuQmeyDaq「敵たちの複数の惑星で」
jagh（名詞）「敵」　-pu'（2）「複数」
yuQ（名詞）「惑星」　-mey（2）「複数」　-Daq（5）「場所」

puqwI' qamDu'「我が子の両足」
puq（名詞）「子供」　-wI'（4）「私の」　qam（名詞）「足」
-Du'（2）「複数」

英語の前置詞句もまた、クリンゴン語ではこの名詞－名詞構文に変換される。「…の上」や「…の下」のような、英語では前置詞で表される観念は、クリンゴン語では、最善の訳で「上の領域」「下の領域」などとされる、事実上の名詞となる。場所接尾辞（3.3.5 節）は名詞 2 に付く。

例：

nagh DungDaq「岩の上で」
nagh（名詞）「岩」
Dung（名詞）「上の領域」　-Daq（5）「場所」

より直訳するならば、これは「岩の上の領域で」となる。

4
動詞

クリンゴン語の動詞はほとんどが1音節であり、いくつもの接辞を伴う事が多い。名詞と同様に、クリンゴン語の動詞も後ろに続く接尾辞があり、分類を基に相対的な位置関係がしっかり決まっている。動詞接尾辞は9種類ある。名詞と違い、動詞には接頭辞も付けられる。接尾辞に数字を付けて表すと、クリンゴン語の動詞の構成は次のようになる。

接頭辞 - 動詞 -1-2-3-4-5-6-7-8-9

[4.1.] 人称接頭辞

それぞれの動詞は、その動詞が表す動作を誰が行うかを示す、1つの接頭辞から始まる。またその行動を受ける人・物がある時はそれも表す。言い換えると、クリンゴン語の動詞接頭辞は文における主語と目的語を表す。

[4.1.1.] 基本的接頭辞

基本的な接頭辞の一覧を表に示す。(可能な限り明快な図にするため、いくつかの接頭辞は重複している)

目的語→ 主語↓	なし	私	あなた	彼／彼女／それ	我々	あなた達	彼ら／彼女ら／それら
私	jI-	—	qa-	vI-	—	Sa-	vI-
あなた	bI-	cho-	—	Da-	ju-	—	Da-
彼／彼女／それ	0	mu-	Du-	0	nu-	lI-	0
我々	ma-	—	pI-	wI-	—	re-	DI-
あなた達	Su-	tu-	—	bo-	che-	—	bo-
彼ら／彼女ら／それら	0	mu-	nI-	lu-	nu-	lI-	0

主語と目的語が両方とも 1 つの接頭辞に含まれる点は注意が必要である。表中の「0」は、主語と目的語が特定の組み合わせの時は動詞の前に接頭辞が付かない事を表す。表中の「—」は、クリンゴン語の接頭辞では表現できない主語・目的語の組み合わせである。これらを表すには、接尾辞（4.2 節）かまたは代名詞（5.1 節）を使わなければならない。

最初のタテ列の接頭辞群（「なし」の列）は目的語が存在しない場合に用いる。つまり、動詞の行動が主語（動作主）にのみ作用する場合である。動詞 **Qong**「眠る」と人称接頭辞により、以下の例が考えられる。

jIQong「私は眠る」　　**bIQong**「あなたは眠る」
Qong「彼／彼女／それ／彼ら／彼女ら／それらは眠る」
maQong「我々は眠る」　**SuQong**「あなた達は眠る」

Qong「彼／彼女／それ／彼ら／彼女ら／それらは眠る」の例では、正確な主語は文の他の部分か前後の文脈で示される。

これらの接頭辞は、目的語があるかもしれないがそれが何か分からない、はっきりしない場合にも使われる。例としては、**jIyaj**「私は理解した」は、一般に話者が物事を理解した、何が起きているか理解した、他の人の言った事を理解した、と言う場合に使われる。しかしながら、言語や人物を理解した、と言う場合には使えない。同じように、**maSop**「我々は食べる」は一般的な食べると言う行為を表し、特定の食べ物が言及されない場合に用いられる。

その他の主語・目的語の組み合わせの接尾辞のいくつかを以下に記す。例に legh「会う、見る」を用いる。

qalegh「私は、あなたに会う」
cholegh「あなたは、私に会う」
vllegh「私は、彼／彼女／それに会う」
mulegh「彼／彼女／それは、私に会う」
Salegh「私は、あなた達に会う」
tulegh「あなた達は、私に会う」
Dalegh「あなたは、彼／彼女／それ／彼ら／彼女ら／それらに会う」
Dulegh「彼／彼女／それは、あなたに会う」
julegh「あなたは、我々に会う」
pllegh「我々は、あなたに会う」
legh「彼／彼女／それ／彼ら／彼女ら／それらは、彼／彼女／それ／彼ら／彼女ら／それらに会う」
lulegh「彼ら／彼女ら／それらは、彼／彼女／それに会う」

日本語では、「彼に話す」「彼を撃つ」のように、動詞に合わせて助詞「に」「を」などを変えて翻訳する必要がある。

[4.1.2.] 命令形接頭辞

命令形には専用の接頭辞一式を用いて、動詞による命令を行う。命令は「お前」「お前たち」にのみ与えられる。

目的語	なし	私	彼／彼女／それ	我々	彼ら／彼女ら／それら
お前	yI-	HI-	yI-	gho-	tI-
お前たち	pe-	HI-	yI-	gho-	tI-

1 つの例外を除き、命令を与えられた人が 1 人か 2 人以上かを問わず、同一の接頭辞が使われる点に注意せよ。唯一の例外は目的語の無い場合である。この事例では、専用の接頭辞 pe- は複数の人に命令する時に用い

られる。命令形接頭辞の例を以下に示す。

yIQong「眠れ」(**Qong**「眠る」)
peQong「お前たち、眠れ」
HIqIp「私を撃て」(**qIp**「殴る、撃つ」)
ghoqIp「我々を撃て」
yIqIp「彼/彼女/それを撃て」
tIqIp「彼ら/彼女ら/それらを撃て」

命令に使う動詞の行動が、その人自身に対する指示である場合(例:「自分自身を撃て」)、接尾辞 -'egh が、yI- か pe- と共に使われる(4.2.1 節を参照)。

[4.1.3.] 表記の決まり

本書での表記の決まりとして、接頭辞の表す主語と目的語は「主語 - 目的語」と表記する。例:**qa-**「私は - あなた」、**DI-**「我々は - 彼ら/彼女ら/それら」。命令接頭辞も同様に、「命令形:」が先に付く。例:**tI-**「命令形:お前/お前たちは - 彼ら/彼女ら/それら」。動詞がないと命令形かどうかの区別が付きにくいためである。

また、接頭辞は男女、無機物、単数・複数(例:**vI-**「私は - 彼/彼女/それ/彼ら/彼女ら/それら」)のいずれかに正確に訳せるであろうが、通常は全ての選択肢は与えられない(例:「私は - 彼/彼女」)。この決まりはまた、これらの接頭辞を含む動詞を翻訳する際にも使われる。例:**vIlegh**「私は彼/彼女に会う」

[4.2.] 動詞接尾辞

9 種類の動詞接尾辞がある。

[4.2.1.] 1 類:自身に/互いに

-'egh「自身に」
この接尾辞は、動詞が表す動作が動作を行う本人に作用する事を示す。

日本語の「…自身に」に当たる。この接尾辞を使う時は、接頭辞は「目的語なし」のものを使わなければならない。

jIqIp'egh「私は私自身を撃つ」
bIqIp'egh「あなたはあなた自身を撃つ」
qIp'egh「彼／彼女は彼自身／彼女自身を撃つ」

また命令形接頭辞と一緒に使うことも可能である。非命令形と同様、「目的語なし」のものを使う。

yIja''egh「自分自身に話せ」（ja'「話す」）
peja''egh「お前たち自身に話せ」

-chuq「互いに」

この接尾辞は、複数形の主語とだけ一緒に使う事ができる。「互いに～しあう」「…同士で～しあう」と訳される。この接尾辞を使う時は、やはり「目的語なし」を指す接頭辞が用いられる。

maqIpchuq「我々は互いに撃ちあう」
SuqIpchuq「お前たち同士で撃ちあう」
qIpchuq「彼ら／彼女らは互いに撃ちあう」
peqIpchuq「お前たち同士で撃ちあえ」

[4.2.2.] 2類：意思／性質

この類の接尾辞は、動詞によって描写される行動を主語がどのくらい希望しているのか、または、どの程度それを行おうとする傾向があるかを表す。

-nIS「～する必要がある、しなければならない」

vIleghnIS「私は彼／彼女に会う必要がある」
bISopnIS「あなたは食べなければならない」

-qang「喜んで、自発的に」

Heghqang「彼／彼女は自発的に死ぬ」（Hegh「死ぬ」）
qaja'qang「私は喜んであなたに話そう」

-rup「準備・用意・覚悟ができている、いつでも～できる」（生物に関して）

Heghrup「彼／彼女は死ぬ覚悟ができている」
qaleghrup「私はあなたに会う準備ができている」
nuja'rup「彼らはいつでも我々に話ができる」

-beH「準備が出来ている、いつでも〜できる」（機械に関して）
pojbeH「（その装置は）いつでも分析を始められる」（poj「分析する」）
labbeH「（その装置は）データ送信準備ができている」
（lab「データを送信する」）

注意すべき点として、「発射準備をする」と言う意味の動詞 ghuS がある。この動詞には決して接尾辞 -rup は付かない。これは主に魚雷に関して使う。目的語が特に述べられていない、また文脈によっても指示されていない場合は、常に魚雷が想定される。従って以下の 2 つの文はどちらも「魚雷の発射準備をしろ」「魚雷発射準備！」と言う意味になる。
cha yIghuS （cha「魚雷（複数）」）
yIghuS
動詞 ghuS はまた他の、ロケット、ミサイル、様々な種類のエネルギービーム（魚雷のようにある地点から他へと行く）を指して一緒に使われる事もある。さらに、パチンコのゴムバンドを引っ張る動作を描写するのにも使われる。ともあれ、他のほとんどの「準備」の事例では、-rup が必須となる。

-vIp「〜する事を恐れる」
choHoHvIp「あなたは私を殺す事を恐れている」（HoH「殺す」）
nuqIpvIp「彼らは我々を撃つ事を恐れている」
この接尾辞は、「私」や「我々」を主語として使用される事はあまりない。文法的には間違いではないけれども、文化的にはタブーなのだ。

[4.2.3.] 3 類：変化

この類の接尾辞は、動詞で描写される行動が、その行動を取る前の状況から何らかの変化を含んでいる事を表す。

-choH「状況変化、方向転換」
maDo'choH「我々は幸運になった、ツキが回ってきた」

(Do'「幸運な」)

ghoSchoH「彼／彼女は（どこかへ）向かい始める」

(ghoS「向かう、行く」)

2つ目の例文は、このフレーズが発せられる前の時点では、彼か彼女が他のどこかに向かって移動していない、と言う含みがある。この接尾辞は、日本語では「〜になる、〜し始める、〜し出す」となるだろう。

-qa'「再開する、また〜する」

この接尾辞は、以前取られていた行動が、その後やめられ、さらにまた再開される、と言う事を暗に示している。

vInejqa'「私はまた探し始める、私は彼／彼女を再捜索する」

(**nej**「探す」)

[4.2.4.] 4類：原因

-moH「原因」

この接尾辞が動詞に付加された場合は、主語が原因で目的語に状態の変化が起きるか、新しい状態が発生する事を示す。

tljwI'ghom vIchenmoH「私は乗船班を編成する」(**tljwI'ghom**「乗船班、乗り込み部隊」、**chenmoH**「作る、形成する」)

この文は、また別な形では「私は乗船班が作られる原因になる」とも訳す事ができるだろう。

HIQoymoH「私に（何かを）聞かせろ」(**Qoy**「聞く」)

より示唆に富んだ翻訳をするなら、この文は「お前は私が聞く事の原因となれ」とする事もできる。この文は聞く事を許可してくださいと頼んでいるのではなく、直接的な命令である点に注意。

通常、-moHの付いた動詞の最良の日本語訳は「原因」を含まない。例えば、chenmoH「彼／彼女は作る」は「彼／彼女は形を成す原因になる」(chen「形になる、形を成す」)とも訳せるが、これはぎこちない日本語であろう。

[4.2.5.] 5類：不定主語／可能

5類の2つの接尾辞は、どちらも5類である点を除けば、あまり共通点がない。結果的に、動詞と共に、これら2つの接尾辞が同時に発せられる事はないと言うだけである。

-lu'「不定主語」

この接尾辞は、主語が不明、不確定、および普遍的である事を示すために使われる。主語は常に同じなので（つまり常に明言されないので）、人称接頭辞（4.1.1節）は異なる使い方をされる。通常は第一・第二人称の主語と第三人称の目的語（vI-、Da-、wI-、bo-）を示す、これらの接頭辞は、第一・第二人称の目的語を表す。従って、vI- は通常は「私は彼／彼女／それに何かをする」と言う意味だが、動詞に -lu' が付くと「誰か／何かが私に何かをする」と言う意味になる。同様に、接頭辞 lu- は、通常は「彼ら／彼女は、彼／彼女に何かをする」と言う意味だが、「誰か／何かが、彼ら／彼女らに何かをする」となる。

Daqawlu'「誰か／何かがあなたを記憶する」（**qaw**「覚える」）
wIleghlu'「誰か／何かが我々を見る」（**legh**「会う、見る」）
Soplu'「誰か／何かがそれを食べる」（**Sop**「食べる」）

-lu' の付いた動詞はおおむね、受動態の日本語に訳される。

Daqawlu'「あなたは記憶される」
wIleghlu'「我々は見られる」
Soplu'「それは食われる」

動詞 **tu'**「見出す、見つける」と、三人称単数形主語（0）と共に使い、**tu'lu'** の形になる事で、「誰か／何かがそれを見出す」となり、これは大抵は日本語で「…がいる、ある」と訳される。

naDev puqpu' tu'lu'「ここに子供たちがいる」
「誰か／何かが子供たちを見出す」
（**naDev**「ここ」、**puqpu'**「子供たち」）

-laH「可能、できる」

jIQonglaH「私は眠れる」（**Qong**「眠る」）

choleghlaH「あなたは私に会える」(legh「会う、見る」)
nuQaw'laH「彼／彼女は我々を滅ぼすことができる」
(Qaw'「破壊する、滅ぼす」)

[4.2.6.] 6 類：限定

これらの接尾辞は 3 類名詞接尾辞に似て、話し手が、話しているものについてどれくらい確信しているかを表す。

-chu'「明らかに、完璧に」
jIyajchu'「はっきりと分かりました」(yaj「理解する」)
baHchu'「彼は完璧に（魚雷を）発射する」
(baH「(魚雷を) 発射する」)

-bej「確実に、間違いなく」
chImbej「それは間違いなく空っぽだ」(chIm「空っぽの」)
nuSeHbej「彼／彼女は確実に我々をコントロールしている」
(SeH「操作する、統制する」)

-law'「見たところ、一見〜のようだ」
chImlaw'「それは空っぽのようだ」
nuSeHlaw'「彼／彼女はどうも我々をコントロールしているようだ」
この接尾辞は、話者にとって確実でない何かを表現していて、「私は〜と思う」「〜だと疑う」と言った判断を意図する。従って上述の 2 例は「私は空っぽだと思う」「彼／彼女は我々をコントロールしていると私は疑っている」とも訳す事ができる。

[4.2.7.] 7 類：アスペクト

クリンゴン語では時制（過去、現在、未来）を表現しない。これらは文脈や文中の他の単語（wa'leS「明日」など）から見当が付けられる。一方でアスペクトにより、ある行動が完了しているか未完了か、また行動が単発の出来事か継続しているかどうかを示す。

7類接尾辞の不在は、通常、その行動が完了も進行もしていない事を意味する（つまり、7類接尾辞で表されるようなものではない）。7類接尾辞の付かない動詞は、日本語では終止形、英語では現在形に訳される。

Dalegh「あなたは彼／彼女／それを見る」

qaja'「私はあなたに話す」

適切な文脈においては、7類接尾辞を伴わない動詞は未来を指す形に訳される。［日本語はクリンゴン語と同様に時制がないとされ、英語の未来形などの説明は不要なので、この節の英語話者向けの説明は省略する］

-pu'「完了」

この接尾辞は、行動が完了した事を示す。英語では、しばしば現在完了形に訳される。

Daleghpu'「あなたは彼／彼女／それを見た」

vIneHpu'「私はそれが欲しかった」（**neH**「欲しい、～したい」）

qaja'pu'「私はあなたに話した」

（これらは過去形ではなく、「その動作をし終えた」事を表している）

-ta'「達成」

この接尾辞は、-pu' に似ているが、ある活動が意図的に始められたものであり、誰かが何かをしようと目指して、それを実際に成し遂げた事を含意する。英語訳では差が分からない事も多い。

vISuqta'「私はそれの入手を成し遂げた」（**Suq**「入手する」）

luHoHta'「彼らは彼を殺す事を達成した」（**HoH**「殺す」）

上の2つ目の例文は、この殺人が、特定の人物を殺す意図のないなんらかの攻撃の結果だったり、偶発的な殺人だったりする場合には使えない。それらの事例では、-pu' が使えるだろう。

luHoHpu'「彼らは彼を殺した」

接尾辞 -ta' の代わりに、動詞のあとにその動作を達成した事を示す特殊な動詞構文を続ける事で、-ta' と同じ意味が示される。この特殊な動詞とは **rIn**「終えた、達成された」で、使用時は常に接尾辞 -taH「継続」（後述）が付けられ、三人称主語の接頭辞（0）が用いられる。その結果生まれる構文 rIntaH は直訳で「終え続けている、達成されたままである」となる。これは、先行する動詞の表す行動が、くつがえせない事柄であると示す場合に使われる。それは完了し、元には戻せない。

luHoH rIntaH「彼らは彼を殺す事を達成した」

vIje' rIntaH「私はそれを購入する事を成し遂げた」

rIntaH と -ta' は、通常は同じように訳される。rIntaH はまれに、言外に「絶対的に不変」と言う観念を含む。

rIntaH は、時には、行動のやり直しが可能な場合でさえ、ドラマティックな効果を生むために使われる、と言う点に注意が必要である。

-taH「継続」

この接尾辞は、ある動作が進行中である事を表す。

nughoStaH「それは我々の方に向かっている」

yIghoStaH「この針路を維持しろ！」

(**ghoS**「行く、来る、向かう、進む」)

上の例文はどちらも活動の継続を示唆している。下の 2 つの命令文の比較で、-taH の意味が鮮明になるだろう。

yIjun「回避行動を取れ」

yIjuntaH「回避行動を取り続けろ」

初めの例文では、一回だけ行動が実行される。2 つ目の例文では回避行動が何度でも実行され、動作は連続的である。

-lI'「途中」

この接尾辞は、-taH「継続」に似て、ある動作が進行中である事を示す。しかし -taH と異なり、その動作に、既知のゴールや明確な中継地点があると言う意味を含む。言い換えれば、ゴールへ向かって進捗がなされている事が示唆される。

cholI'「それは接近中だ」(**chol**「接近する」)

この語は例えば、ミサイルが目標へ接近している、ミサイルがその目標を狙っている事が知られている時に使われる。ミサイルが接近していても、その対象とする目的地が不明な場合は、choltaH（-taH「継続」が付く）の方がより適切である。

vIlI'lI'「私は（データを）受信中だ」(**lI'**「データを受信する」)

この語には、データが受信プロセスの最中にあると言う意味が含まれ、データ量は有限なので、受信には明確な終わりが存在する。動詞の lI' と接尾辞 -lI' が同一の音であることは、現在判断できる限りでは、まったくの偶然である。

接尾辞 -taH「継続」は既知のゴールがあろうとなかろうと使われる。一方 -lI' はゴールがある時にだけ使われる。-lI' は -ta' と対をなし、-taH は -pu' と対をなすと見なす事ができるだろう。

[4.2.8.] 8 類：敬語

-neS「敬語」

この分類の接尾辞は 1 つだけである。これは最高の礼儀正しさや敬意を表現する。これはクリンゴンの社会・政治・軍の階級に於いて地位の高い者・上位の者へ呼びかける場合にのみ使われる。ただし必須ではない。

qaleghneS「あなたにお会いできて光栄です」

HIja'neS「どうぞ私にお話しください」［命令形接頭辞と -neS の組み合わせで、「どうぞ〜してください」と言う丁寧な依頼になる］

クリンゴン人は、この接尾辞を頻繁に使う事はない。

[4.2.9.] 9 類：文法標識

5 類名詞接尾辞（3.3.5 節）に似て、これらの動詞接尾辞は、その動詞の文中での役割とかかわりを持つ。初めから 6 つの接尾辞はここには簡潔に記し、6.2 節で全面的に解説する。

-DI'「〜する時、してすぐに」

DaSeHDI'「あなたがそれを操作してすぐに」（SeH「操作する」）

qara'DI'「私がお前に命令した時に」（ra'「命令する」）

-chugh「もし〜なら」

DaneHchugh「もしあなたがそれを欲しいのなら」（neH「〜を欲する」）

choja'chugh「あなたが私に話すならば」

-pa'「～する前に」

choja'pa'「あなたが私に話す前に」

qara'pa'「私がお前に命令するより前に」

-vIS「～する間、と同時に」

この接尾辞は常に 7 類接尾辞 -taH「継続」と共に使われる。

SutlhtaHvIS「彼らが交渉している間に」(Sutlh「交渉する」)

bIQongtaHvIS「あなたが寝ている内に」

-bogh「～する…」

これは関係詞節の標識である。6.2.3 節で述べる。

-meH「～するために」

これは目的節を示す。6.2.4 節を参照せよ。

-'a'「疑問」

この接尾辞は、その文が「はい／いいえ」で答えられる疑問文である事を示す（6.4 節も参照)。

cholegh'a'「あなたは私に会うか？」

yaj'a'「彼／彼女は理解したか？」

他のタイプの疑問文には、専用の疑問詞を用いる（6.4 節)。

-wI'「～する者、～する物」

これは既に説明した接尾辞（3.2.2 節）で、動詞を名詞に変える。

So'wI'「遮蔽装置」(So'「隠す」)

baHwI'「射手、砲手」(baH「撃つ、発射する」)

joqwI'「旗」(joq「はためく、波打つ」)

[4.2.10.] 接尾辞の相対的な順序

名詞と同様に、2 つ以上の接尾辞を動詞に繋げて使う時は、それらは分類に従った正しい順番で発せられる。それぞれの類から 2 つ以上の接尾辞が同時に使われる事はない。動詞に 9 つの接尾辞が続く実例は発見されていないが、理論上は可能である。接尾辞の順番を理解するに足る、いくつかの例を載せる。

nuHotlhpu''a'「彼らは我々をスキャンしたか？」
nu-（接頭辞）「彼ら／彼女ら／それらは － 我々を」
Hotlh（動詞）「スキャンする」
-pu'（7）「完了」
-'a'（9）「疑問」

Qaw''eghpu'「彼／彼女は自滅した」
0（接頭辞）「彼／彼女は」
Qaw'（動詞）「破壊する、殺す」
-'egh（1）「自身に」
-pu'（7）「完了」

wIchenmoHlaH「我々はそれを作れる」
wI-（接頭辞）「我々は － それを」
chen（動詞）「形を成す」
-moH（4）「原因」
-laH（5）「可能」

Daqawlu'taH「あなたは記憶され続ける」
Da-（接頭辞）「あなたは － 彼／彼女を」
qaw（動詞）「覚える」
-lu'（5）「不定主語」
-taH（7）「継続」

vItlhapnISpu'「私は彼／彼女を捕らえなければならなかった」
vI-（接頭辞）「私は － 彼／彼女を」
tlhap（動詞）「取る、捕らえる」
-nIS（2）「しなければならない」
-pu'（7）「完了」

HeghqangmoHlu'pu'「彼／彼女は死にたい気持ちにさせられた」
0（接頭辞）「彼／彼女は」

Hegh（動詞）「死ぬ」
-qang（2）「自発的に」
-moH（4）「原因」
-lu'（5）「不定主語」
-pu'（7）「完了」

maghoSchoHmoHneS'a'「我々はコースを進行し始めるのですか？」
ma-（接頭辞）「我々は」
ghoS（動詞）「コース上を進行する」
-choH（3）「状況変化」
-moH（4）「原因」
-neS（8）「敬語」
-'a'（9）「疑問」

[4.3.] 浮遊辞

クリンゴン語文法学者が lengwI'mey「浮遊辞」（leng「旅する、さまよう」、-wI'「～するもの」、-mey「複数」）と呼ぶ、もう1類の動詞接尾辞グループがある。浮遊辞は他の接尾辞と関連しての定位置を持たない接尾辞であり、その代わり、9類の後ろ以外のどこにでも付く事ができる。その位置は意図する文意によって決定される。否定と強調の、2種類の浮遊辞がある。

-be'「～しない、～ではない」
これは否定の一般的な接尾辞であり、「～しない、～ではない」と訳される。否定の概念については以下の通りである。

vIlo'laHbe'「私はそれを使えない（それは私には役に立たない）」
vI-（接頭辞）「私は － 彼／彼女／それを」
lo'（動詞）「使う」
-laH（5）「可能」
-be'（浮遊辞）「否定」

jISaHbe'「私は気にしない」（複数の行動方針からどれが選択されても良い、と言う場合）

jI-（接頭辞）「私は」
SaH（動詞）「気にする、心配する」
-be'（浮遊辞）「否定」

qay'be'「問題ない」（感嘆詞）

0（接頭辞）「それは」
qay'（動詞）「問題がある」
-be'（浮遊辞）「否定」

移動する -be' の性質は、以下の一組の例に良く表れている。
choHoHvIp「あなたは私を殺す事を恐れる」
choHoHvIpbe'「あなたは私を殺す事を恐れない」
choHoHbe'vIp「あなたは私を殺さない事を恐れる」

cho-（接頭辞）「あなたは － 私を」
HoH（動詞）「殺す」
-vIp（2）「～する事を恐れる」
-be'（浮遊辞）「否定」

2つ目の文は、「～する事を恐れる」を否定して「恐れない」となり、3つ目の文は -be' が HoH に続く事で、「殺す」を否定して「殺さない」となる。

接尾辞 -be' は命令文と共に使う事はできない。命令文には次の接尾辞が必要となる。

-Qo'「～するな！、～を拒否する」
この否定接尾辞は命令する時と、拒否を示す時に使われる。
yIja'Qo'「彼／彼女に話すな！」

yI-（接頭辞）「命令形：お前は － 彼／彼女に」
ja'（動詞）「話す」
-Qo'（浮遊辞）「～するな！」

choja'Qo'chugh「もしあなたが私に話す事を拒否するなら」

cho-（接頭辞）「あなたは － 私に」
ja'（動詞）「話す」

-Qo'（浮遊辞）「〜を拒否する」
-chugh（9）「もし〜なら」

HIHoHvIpQo'「私を殺す事を恐れるな！」
HI-（接頭辞）「命令形：お前は － 私を」
HoH（動詞）「殺す」
-vIp（2）「〜する事を恐れる」
-Qo'（浮遊辞）「〜するな！」

-be' と異なり、-Qo' の位置は動かず、9類を除く接尾辞の最後（8類の次で、9類の前）に付く。移動しないにもかかわらず、これが浮遊辞とされるのは、-be' の命令版として対応するからだと考えられる。

-Ha'「取り消し」

この否定の接尾辞は、単に何かをしない事ではなく、状態が変化する事を意味し、完了した何かが取り消される。ここでは、便宜上「取り消し」と訳したが、より近いのは日本語の「非 -」「不 -」「無 -」「誤 -」（非合法な、不運な、誤解する、など）である。誤って何かをする、と言う意味でも使われる。-be' と異なり、命令文でも使われる。

chenHa'moHlaH「それは、それらを破壊可能だ」
0（接頭辞）「それは － 彼／彼女／それを」
chen（動詞）「形を成す」
-Ha'（浮遊辞）「取り消し」
-moH（4）「原因」
-laH（5）「可能」

この文の厳密な意味は「それは、それらが形を成す事を取り消す原因になり得る」のようなものになる。

yIchu'Ha'「それ（遮蔽装置など）を停止させろ！」
yI-（接頭辞）「命令形：お前は － それを」
chu'（動詞）「作動させる」
-Ha'（浮遊辞）「取り消し」

bIjatlhHa'chugh「もしあなたが間違った事を言ったのなら」
bI-（接頭辞）「あなたは」
jatlh（動詞）「話す」

-Ha'（浮遊辞）「取り消し」
-chugh（9）「もし～なら」

ここでは -Ha' が「誤って～する」のような意味で使われている。この文は「もしあなたが言い間違えたなら」とも訳されるかもしれない。-be' を使って bIjatlhbe'chugh とした場合、「もしあなたが話さないなら」となる。

Do'Ha'「それは不運だ」
0（接頭辞）「それは」
Do'（動詞）「幸運な」
-Ha'（浮遊辞）「取り消し」

この文での -Ha' の用法は、運が良い方から悪い方へと転換する事を示唆している。

-Ha' が常に動詞の直後に発せられる点は興味深い。クリンゴンの文法学者がなぜこれを浮遊辞と主張するのかは分かっていない。しかしながら、クリンゴンの伝統に逆らわず、-Ha' を浮遊辞として分類しておくのが最良であると思われる。

-qu'「強調」
この接尾辞は直前の動詞・接尾辞を強調したり、はっきりと断言する。

yIHaDqu'「彼／彼女をよく研究しろ！」
yI-（接頭辞）「命令形：お前は － 彼／彼女／それを」
HaD（動詞）「研究する」
-qu'（浮遊辞）「強調」

nuQaw'qu'be'「彼らは我々を壊滅させない」
nu-（接頭辞）「彼ら／彼女ら／それらは － 我々を」
Qaw'（動詞）「破壊する」
-qu'（浮遊辞）「強調」
-be'（浮遊辞）「否定」

移動する -qu' の特性は、以下の一組の例に良く表れている。
pIHoHvIpbe'qu'「我々はお前を殺す事を * 断じて恐れない *」
pIHoHvIpqu'be'「我々はお前を殺す事を * 恐れてなど * いない」
pIHoHqu'vIpbe'「我々はお前を * ぶち殺す事を * 恐れない」

pI-（接頭辞）「我々は － あなたを」
HoH（動詞）「殺す」
-vIp（2）「～する事を恐れる」
-be'（浮遊辞）「否定」
-qu'（浮遊辞）「強調」

上の１つ目の文は、敵が話者の勇敢さについて疑問を呈したあとで使われるだろう。２つ目は、「お前の助けが必要なので、我々はお前を殺す事を望んではいない」のような説明を補足して語られるだろう。３つ目は、なにか他の処罰を行うのではなく、" 殺すこと " を強調して使われる。

浮遊辞 -qu' はまた、形容詞的に使われる際の動詞にも繋げて使用される。

[4.4.] 形容詞

クリンゴン語に形容詞の類は存在しない。日本語の「大きい、美しい」のような形容詞で表現される概念は、クリンゴン語では動詞で表現される。状態や性質を表す動詞は、修飾する名詞のすぐあとに続く。

puq Doy'「疲れた子供」
puq「子供」
Doy'「疲れている」
Dujmey tIn「大きい複数の船」
Dujmey「船（複数）」
tIn「大きい」

浮遊辞 -qu'「強調」（4.3 節）は形容詞的役割の動詞にも付く。この使い方では、通常「とても、すごく、非常に」と訳される。

Dujmey tInqu'「とても大きい船」
wanI' ramqu'「非常につまらない事件、全く取るに足らない事件」
wanI'「事件、出来事」
ram「つまらない、取るに足らない」

5 類名詞接尾辞（3.3.5 節）が使われる時は、それは動詞のあとに付き、この方法で名詞を修飾する際は、浮遊辞 -qu'「強調」を除く他の接尾辞は付く事ができない。5 類名詞接尾辞は -qu' のあとに続く。

veng tInDaq「大きい町で」

veng「町、都市」

tIn「大きい」

-Daq「場所」

veng tInqu'Daq「とても大きい町で」

5

その他の種類の語

クリンゴン語の圧倒的大部分は名詞と動詞で占められる。他にも数種類あり、おそらく便宜的にだろうが、クリンゴンの文法学者はそれらをひとまとめに chuvmey「残り物」と呼ぶ。chuvmey は、いくつかに分類が可能である。

[5.1.] 代名詞

名詞に付ける所有接尾辞（3.3.4 節）と人称接頭辞（4.1 節）に加えて、独立した単語として 9 つの代名詞が存在する。

jIH「私は、私を・に」
maH「我々は、我々を・に」
SoH「あなたは、あなたを・に」
tlhIH「あなた達は、あなた達を・に」
ghaH「彼／彼女は、彼／彼女を・に」
chaH「彼ら／彼女らは、彼ら／彼女らを・に」
'oH「それは、それを・に」
bIH「それらは、それらを・に」
'e'「～の事を」
net「～の事を」

代名詞 chaH は言葉を話すものに関して使われ、それ以外には bIH が使われる。代名詞 'e' と net は特定の構文だけの中で使われる（6.2.5 節参照）。

クリンゴン語に文法的性はない。三人称単数の代名詞は、文脈次第で「彼」

とも「彼女」とも訳される。

代名詞は名詞と同様に扱われるが、強調するためか文を明瞭にするためだけに使われ、必要とされるわけではない。従って、以下の一連の文はどれも文法上正しい。

yaS vIlegh jIH「私は士官に会う」
yaS vIlegh

jIH mulegh yaS「士官は私に会う」
mulegh yaS

ghaH vIlegh jIH「私は彼／彼女に会う」
ghaH vIlegh
vIlegh jIH
vIlegh

(**yaS**「士官」、**vIlegh**「私は彼／彼女に会う」、**mulegh**「彼／彼女は私に会う」)

最後の2つの文（vIlegh jIH、vIlegh）は実際、曖昧である。これらは同じく「私は彼／彼女／それ／彼ら／彼女ら／それらに会う」と言う意味になる（接頭辞 vI- は「私は - 彼／彼女／それ／彼ら／彼女ら／それらに」)。文脈から意図した主語・目的語が明らかではない場合、代名詞が有用である。

ghaH vIlegh「私は彼／彼女に会う」
chaH vIlegh「私は彼ら／彼女らに会う」

代名詞は名詞による所有構文（「私の本」「彼女の母親」など）に使われる事はない。代わりに所有の名詞接尾辞（3.3.4 節）が使われる。

最後に、代名詞は述語的に、「私は…である」と言う意味で使われる（6.3節参照)。

[5.2.] 数詞

クリンゴンでは元来は三進法、つまり3が基準だった。数えかたは、1、2、3; 3+1、3+2、3+3; 2x3+1、2x3+2、2x3+3; 3x3+1、3x3+2、3x3+3; と進み、その後はより複雑になる。クリンゴン帝国はある時に、より一般的に認められた実務的な方式として、10を基準とする十進法を採用した。誰も正確には知らないことだが、この変更が、他文明との協調の精神からでなく、他文明の科学的データを把握しなければならない懸念から行われた、と言うのはありそうな話である。

クリンゴン語の数詞：

1 **wa'**
2 **cha'**
3 **wej**
4 **loS**
5 **vagh**
6 **jav**
7 **Soch**
8 **chorgh**
9 **Hut**
10 **wa'maH**

大きい数字は専用の数詞を作る要素を基本の数詞（1-9）に加えて形成される。すなわち、wa'maH「10」は wa'「1」と 10 の位を作る要素 maH から構成されている。数は以下のように続く。

11 **wa'maH wa'** （つまり、10 と 1）
12 **wa'maH cha'** （つまり、10 と 2）

など。以下同様に。

大きい数字は maH「10」、vatlh「100」、SaD または SanID「1000」に基づく。SaD と SanID は等しく「1000」を表し、どちらもおおよそ同じくらいの頻度で使われる。なぜこの数詞だけが 2 種の異形を持つのかは、分かっていない。

20 **cha'maH**
30 **wejmaH**

など。

100 **wa'vatlh**
200 **cha'vatlh**

など。

1,000　wa'SaD または wa'SanID
2,000　cha'SaD または cha'SanID

など。

数詞は日本語同様の順番に配列される。

5,347　vaghSaD wejvatlh loSmaH Soch または vaghSanID wejvatlh loSmaH Soch
604　javvatlh loS
31　wejmaH wa'

さらに大きい数字を作る要素はいくつかある。

10,000　netlh
100,000　bIp
1,000,000　'uy'

ゼロは pagh。

数詞は名詞のように使われる。そのまま単独で「n 人の人」や「n 個の物」などを表し、主語や目的語として、また他の名詞を修飾しても良い。

mulegh cha'「2 人が私に会う」（mulegh「彼ら／彼女らは私に会う」）
wa' yIHoH「（彼らの内の）1 人を殺せ」（yIHoH「彼／彼女を殺せ」）

2 つ目の例文は wa' がなくても、接頭辞 yI- が単数の目的語を示すために、文法上正しい。故に、wa' は強調のためだけに使われている。

数詞は修飾語として、修飾される名詞の前に付く。

loS puqpu' または loS puq「4 人の子供」
vaghmaH yuQmey または vaghmaH yuQ「50 個の惑星」

複数形接尾辞（-pu'、-mey）は数詞を使った時は必要とされない。

数詞は、数えるのとは別に番号として使う場合、名詞のあとに続く。

比較例：

DuS wa'「魚雷発射管 1 号」
wa' DuS「1 本の魚雷発射管」

序数詞（第１の、２番目の、など）は数詞に -DIch を付けて作られる。

wa'DIch「第１の、１番目の、初めの」
cha'DIch「第２の、２番目の」
HutDIch「第９の、９番目の」

序数詞は名詞のあとに付く。

meb cha'DIch「2 番目のゲスト」

数詞に -logh を加えると、繰り返しの概念が付与される。

wa'logh「1 回、1 度」
cha'logh「2 回」
Hutlogh「9 回」

これらの数詞は、文中で副詞のように機能する。

[5.3.] 接続詞

接続詞には２系統ある。名詞と名詞を結ぶものと、文と文を結ぶものである。しかしその２種が表す意味は同じである。

名詞接続	文接続	
je	'ej	「と」
joq	qoj	「と、か」
ghap	pagh	「か、どちらか、または」

名詞接続詞は最後の名詞のあとに来る。

DeS 'uS je「腕と足」
DeS 'uS joq「腕か足、または両方」
DeS 'uS ghap「腕か足（どちらかのみ）」

名詞接続詞 je にはもうひとつの役割がある。動詞に続いた時、「…もまた～する」の意味になる。

qaleghpu' je「私もあなたを見た、私はあなたも見た」

このような文の文意は曖昧であり、「私と他の人は、あなたを見た」「私は、あなたと他の人を見た」と解釈できる。正確な意味は文脈によって決められる。

文接続詞には前述の 3 種に加え、もうひとつの種類がある。

'ach「しかし、そうではなく、それでも、それにもかかわらず、一方で、ところが」

この語は時折 'a と短縮される。

文接続詞は、それが結ぶ文と文の間に発せられる。解説は 6.2.1 節を参照せよ。

[5.4.] 副詞

これらの単語は文の初めに来て、活動の様態を特徴付ける。

batlh「名誉と共に、名誉あるやり方で」
bong「偶然に、たまたま、意図せずに」
chaq「もしかすると、〜かもしれない」
chIch「意図的に、わざと」
DaH「今、今すぐに」
Do'「運よく、幸運にも」
loQ「少し、ちょっと〜する」
nom「速く、急いで〜する」
not「決して〜しない、一度も〜した事がない」
pay'「急に、突然に」
pIj「しばしば、頻繁に、何度も」
QIt「ゆっくり、のろのろと」
reH「いつも、常に」
rut「時々、たまに」
tugh「間もなく、もうすぐ」
vaj「ならば、従って、だから、それ故に、その結果」
wej「まだ〜していない」

例：

bong yaS vIHoHpu'「私は士官を偶発的に殺した」
batlh Daqawlu'taH「あなたは名誉と共に記憶される」

vaj Daleghpu'「それならば、あなたはそれを目にしている」
wej vIlegh「私はまだ彼／彼女に会っていない」

ひとつ、少々不自然ながら、このカテゴリに納められた単語がある。

neH「〜だけ、ただ単に、ただ〜するだけ」
他の副詞と違い、これは修飾される動詞のあとに続く。その行動を矮小化する意味効果を持つ。

qama' vIqIppu' neH「私はただ、捕虜を撃っただけだ」
(qama'「捕虜」、vIqIppu'「私は彼／彼女を撃った」)
Duj yIQotlh neH「船を無力化するだけだぞ」
(Duj「船」、yIQotlh「無力化しろ」)

この文の neH の用法は、その船に一定以上のダメージを与えず、ただ無力化させるだけに留める事を含意している。
また他の副詞と異なる点として、neH は名詞にも続く。その場合、「…だけ、…単独で」の意味になる。

yaS neH「士官だけで、(その) 士官一人で」
jonta' neH「エンジンだけ」

副詞は時に単独で発せられ、おおよそ感嘆詞 (5.5 節) のような役割を果たす。

例:
nom「急げ!」「急いで動け!」
wej「まだだ! (まだそれをするな)」
tugh「早くしろ!」

[5.5.] 感嘆詞

これらの表現は、単体で文として扱われる。

Ha'「さあ行こう」「さあ来い!」
HIja' または HISlaH「はい」「そうです」(質問への答え)
ghobe'「いいえ」(質問への答え)
lu' または luq「はい」「OK」「そうします」
Qo'「嫌だ」「断る」

maj「良し」「良いぞ」（満足を表す）
majQa'「見事だ」「良くやった」「素晴らしい」
nuqneH「何の用だ？」（挨拶）
pItlh「終わった！」「済んだぞ！」「やった！」
SuH または **Su'**「いいか！」「準備しろ！」
'eH「準備しろ！」
toH「なるほど！」「そうか！」
wejpuH「すてきだ」「魅力的だな」（皮肉でのみ使われる）

HIja' と HISlaH「はい」は同じ意味で使われるようだ。

SuH、Su'、そして 'eH は、いずれも話者が命令を与える事を意味する。これらは競争の始めの「用意、ドン！」の「用意！」に相当する。'eH を除く SuH と Su' はまた、話者本人が何かをする準備ができた、または、何かが起きるための準備が済んでいる事を示す。少数のクリンゴンは、SuH を SSS のように発音する。これは英語話者が「静かにしろ」と言う時に出す「シーッ」と言う音に似ている。

pItlh は仕事や任務を「完了した」「やり遂げた」「やり終えた」などの意味で使われる。

toH と言う表現はおおよそ「分かった」「なるほど！」「へえ！」と同義である。

またクリンゴン語の感嘆詞のカテゴリには罵倒語も含まれる。現在のところ、知られている罵倒語は 3 つだけである。

QI'yaH	*?!#@
ghuy'cha'	*@$%
Qu'vatlh	#*@!

[5.6.] 名前と呼称

クリンゴンの名前は、非クリンゴンからはしばしば誤って発音される。加えて、他言語の文字で書いた場合も、大抵そのスペリングは真の発音を示唆する程度に留まってしまう。例えば、クリンゴン語の語頭の tlh の音は、英語話者は大体いつも「kl」と書く。察するに、英語では「tl」の音が語頭に現れる事がないからであろう。同様に、クリンゴン語の Q は多くの場合「kr」と音訳され、クリンゴン語のqは常に「k」で表現される。
以下に、わずかながらクリンゴンの名前と、その日本語・英語での表記をリストにまとめた。

mara「マーラ Mara」
matlh「マルツ Maltz」
qeng「カング、カン Kang」
qeylIS「カーレス Kahless」
qolotlh「コロス Koloth」
qor「コール Kor」
qoreQ「コラックス Korax」
QaS「クラス Kras」
Qel「クレル Krell」
Qugh「クルーグ Kruge」
torgh「トーグ Torg」
valQIS「ヴァルクリス Valkris」

名前は直接の呼びかけ（つまり、誰かを名前で呼ぶ）で、文の初め、または最後で使われる。他の直接呼びかける言葉（qaH「サー、先生、旦那」、joHwI'「我が主人」）も同様である。

torgh HIghoS「トーグ、ここへ来い！」
lu' qaH「了解です！」「イエッサー！」
［階級や役職は名前の後に続く。例：qor la'「コール司令官」］

6

文法

どの言語にも言えるが、クリンゴン語の文章は非常に単純で簡素なものから、非常に複雑で入り組んだものにまで及ぶ。ここでは、クリンゴン語の文法構造のほんの基本だけを記す。この情報は、クリンゴン語学習者にとって良い基礎となるはずである。この言語をより深く学び続ける限り、雄弁とまではいかなくとも、適切な会話を行えるようになるだろう。

[6.1.] 基本文

クリンゴン語の文の基本構造：　目的語 - 動詞 - 主語

これは英語と逆の語順のため、文の前後を逆に解釈する事を避けるよう注意せねばならない。主語は動詞によって描写される行動を取る人や物であり、目的語はその行動を受容するものである。

語順の重要性は以下の例文の比較を見れば分かるだろう。

puq legh yaS「士官は子供に会う」
yaS legh puq「子供は士官に会う」

どちらの文も、単語は同じ **puq**「子供」、**legh**「会う、見る」、**yaS**「士官」である。誰が誰に会うのかを知る手立ては、文の語順に頼るしかない。動詞 legh は接頭辞 0「彼／彼女は - 彼／彼女を・に」の後に置かれている。

puq vIlegh jIH「私は子供に会う」
(vIlegh「私は彼／彼女に会う」)
jIH mulegh puq「子供は私に会う」
(mulegh「彼／彼女は私に会う」)

実際は、この種の文では第一・第二人称の代名詞は滅多に使われない（可能ではあるが、意味を強調するために使われる）。以下の文は、より一般的な文の類型を表している。

puq vIlegh「私は子供に会う」
mulegh puq「子供は私に会う」

命令文も同じルールに従う。

So'wI' yIchu'「遮蔽装置を起動しろ！」
(So'wI'「遮蔽装置」、yIchu'「それを起動しろ」)
DoS yIbuS「ターゲットに集中しろ！」
(DoS「ターゲット」、yIbuS「それに集中しろ」)
yaSpu' tIHoH「士官たちを殺せ！」
(yaSpu'「士官たち」、tIHoH「お前は － 彼／彼女を殺せ」)

文中で、主語でも目的語でもない何かを表す名詞は、目的語の名詞より前の文頭に来る。その種の名詞には通例、5類名詞接尾辞が付く（3.3.5節）。

pa'Daq yaS vIleghpu'「私は部屋で士官に会った」
(pa'Daq「部屋で」、vIleghpu'「私は彼／彼女に会った」)

この構文の他の例は3.3.5節に掲載されている。

[6.2.] 複文

より複雑なクリンゴン語文の、より一般的なものをいくつか例示する。

[6.2.1.] 重文

2つの文は、結び付けられ、より長い重文を形成する。どちらの文も、単独で適切な文として成り立っていなければならない。結合された時には、単純に一方がもう一方のあとに来て、接続詞で結ばれる（5.3節参照）。

jISoptaH 'ej QongtaH「私は食べていて、彼／彼女は寝ている」
jISoptaH 'ach QongtaH「私は食べているが、彼／彼女は寝ている」
bISoptaH qoj bItlhutlhtaH「あなたは食べているか、あなたは飲んでいるか、または両方をしている」
bISoptaH pagh bItlhutlhtaH「あなたは食べているか、またはあなたは飲んでいる」

結合された文の主語がどちらも同じ時は、日本語訳は少々ぎこちない形になるが、クリンゴン語ではこれを短縮する事は許されない。人称接頭辞は両方の動詞に使用される。上述の後半の2例は、「あなたは食べるか飲むか、または両方をしている」「あなたは食べるか飲むかしている」と言う風に訳せるだろう。

クリンゴン語では、（動詞接頭辞だけではない場合に）名詞が主語と目的語、または両方を表す時は、いくつかの方法がある。クリンゴン語文の最長の形では、名詞が繰り返される。

yaS legh puq 'ej yaS qIp puq
（yaS「士官」、puq「子供」、legh「会う、見る」、qIp「撃つ、殴る」）
「子供は士官に会い、子供は士官を撃つ」または
「子供は士官に会い、士官を撃つ」または
「子供は士官に会い、撃つ」

しかし、重文中の2番目の文で、名詞の代わりに代名詞を使用する事は可能である。

yaS legh puq 'ej ghaH qIp ghaH（ghaH「彼／彼女は・を・に」）
「子供は士官に会い、彼／彼女は彼／彼女を撃つ」または
「子供は士官に会い、彼／彼女を撃つ」

文脈から明らかならば、代名詞も省略されるだろう。

yaS vIlegh 'ej vIqIp（vI-「私は － 彼／彼女を」）
「私は士官に会い、私は彼／彼女を撃つ」または
「私は士官に会い、彼／彼女を撃つ」または
「私は士官に会って、撃つ」

[6.2.2.] 従属節

クリンゴン語の動詞で 9 類接尾辞で終わるもの（-'a'「疑問」と -wI'「～するもの」以外の）は、常に他の動詞文と共に文中で発せられる。それ故に、それらは従属節の動詞と呼ばれる。

cha yIbaH qara'DI' または **qara'DI' cha yIbaH**
「私が命令した時、魚雷を発射しろ」

この文の 2 つの節は cha yIbaH「魚雷を発射しろ」と qara'DI'「私があなたに命令した時に」である。9 類接尾辞 -DI' は「～した時に、～してすぐに」と言う意味で、従って必然的に、qara'DI' は長い文の一部として発せられる。2 つの節の順番は入れ替えてもよい事に注意。
さらにいくつかの例で、従属節の用法が明白になるだろう。

bIjatlhHa'chugh qaHoH または **qaHoH bIjatlhHa'chugh**
「お前が誤った事を言えば、私はお前を殺す」
（**bIjatlhHa'chugh**「お前が誤った事を言うのならば」、**qaHoH**「私はお前を殺す」）

「言えば」と言う訳を使ってはいるが、クリンゴン語には未来形の標識が無い。接尾辞の付かない HoH「殺す」は時間に関しては中立を取る。発言された人物には話すチャンスが与えられているので、その時点ではまだ生きているだろう。従って、殺す行為は未来に行われるに違いないと読み取れる。

SutlhtaHvIS chaH DIHIvpu' または
DIHIvpu' SutlhtaHvIS chaH
「彼らが交渉している間に、我々は攻撃した」
(**SutlhtaHvIS**「彼らが交渉している間に」、**chaH**「彼ら」、**DIHIvpu'**「我々は彼らを攻撃した」)

この文は、2 つの節で -taH「〜している」と -pu'「〜し終えた」が共存している点に注意。英語訳では時制が一致せず少々不正確になってしまうが、-pu' が HIv に付いている事で、クリンゴン語の文意は察する事ができるだろう。[日本語ではあまり気にしなくて良い]

[6.2.3.] 関係詞節

関係詞は、日本語では「〜する…」「〜している…」のような、活用語尾の連体形にあたり、英語では関係代名詞（who、which、where、that など）にあたる。これは形容詞のように、名詞に描写を加える。例:「走っている犬」、「眠っている猫」、「遊んでいる子供」、「我々が食事したレストラン」。関係詞節で修飾される名詞は主要部名詞と呼ばれる。
クリンゴン語では、関係詞節内の動詞は終わりに 9 類接尾辞 **-bogh** が付き、便宜上「〜する…」「〜した…」と訳される。
主要部名詞が関係詞節に先行するか後続するかは、その節の関係性によって決まる。以下の例を比較せよ。

qIppu'bogh yaS「彼／彼女を撃った士官」
yaS qIppu'bogh「彼／彼女が撃った士官」

どちらの例も、関係詞節は **qIppu'bogh**（qIp「撃つ」、-pu'「完了」、-bogh「〜する…」）と主要部名詞 yaS「士官」である。1 例目は、yaS が動詞 qIp の主語（士官が撃つ行動を行う）なので、主語は全て動詞の後ろに続くのと同様、qIppu'bogh のあとに来る。2 例目では yaS は目的語（士官は撃たれた）なので、目的語は全て動詞の前に来る通例の通り、qIppu'bogh に先行している。
この構文の全体（関係詞節＋主要部名詞）は 1 つの構成単位として、文の中で 1 つの名詞のように扱われる。そのため、この構文が主語であるか目的語であるかによって、文中の動詞に先行するか後続する。

qIppu'bogh yaS vIlegh「私は彼／彼女を撃った士官に会う」

関係詞構文の全体 qIppu'bogh yaS「彼／彼女を撃った士官」は動詞 vIlegh「私は彼／彼女に会う」の目的語なので、動詞に先行している。

mulegh qIppu'bogh yaS「彼／彼女を撃った士官は私に会う」

こちらは、qIppu'bogh yaS は動詞 mulegh「彼／彼女は私に会う」の主語なので、動詞のあとに続いている。

また、yaS qIppu'bogh「彼／彼女が撃った士官」のような主要部名詞が関係詞節内の動詞の目的語である場合にも、この方式に倣う。

yaS qIppu'bogh vIlegh「私は彼／彼女が撃った士官に会う」
mulegh yaS qIppu'bogh「彼／彼女が撃った士官は私に会う」

英語では関係代名詞（that、which など）がしばしば省略されるが、クリンゴン語では必須とされる。

[6.2.4.] 目的節

ある行動が、何かを達成するためにされているか、何かを達成する目的になっているならば、達成される事を表す動詞には、終わりに「〜するために」「〜する目的で」と訳される 9 類接尾辞 -meH が付く。目的節は常に、目的として表される名詞や動詞に先行する。

ja'chuqmeH rojHom neH jaghla'
「敵司令官は、話し合いのために休戦を求めている」

ja'chuqmeH rojHom「話し合いをするための休戦」の節は動詞 neH「彼／彼女はそれを欲する」の目的語である。主語は jaghla'「敵の司令官」である。目的語は rojHom「休戦」で、目的節 ja'chuqmeH「話し合いのために・の」「話し合いを目的として」が前に付いている。（この動詞は

ja'「話す」、-chuq「互いに」から成り、つまり ja'chuq は「互いに話す」である）

jagh luHoHmeH jagh lunejtaH
「彼らは敵を殺すために探している」

ここでの目的節は jagh luHoHmeH「敵を殺すために」であり、これは目的語 jagh「敵」が動詞 luHoHmeH「彼ら／彼女らは彼／彼女を殺すために」に先行する形になっている。それは動詞 lunejtaH「彼ら／彼女らは彼／彼女を探し続けている」の目標を形容する。重文と同じように、目的語の名詞 jagh「敵」がどちらの動詞の前にも目的語として現れている点は留意すべきである。つまり、少しばかり直訳すると、この文は「彼らは敵を殺すために、彼らは敵を探している」と訳される。

さらに、重文と同様、同一の名詞の内、2 番目のものは代名詞で代用するか、文脈から明らかな場合はすっかり省略する事も可能である。

jagh luHoHmeH ghaH lunejtaH
「彼らは敵を殺すために彼／彼女を探している」
jagh luHoHmeH lunejtaH

[6.2.5.] 文を目的語に

クリンゴン語には、その前に来る文全体を指す 2 つの特殊な代名詞 **'e'** と **net** がある。主として思考や観察の動詞（「知る」、「見る」など）と共に使用されるが、限定されるわけではない。これらは常に動詞の目的語として扱われ、動詞は常に三人称単数（それ）の目的語を示す接頭辞を伴う。英語では 1 つの文が、クリンゴン語ではしばしば 2 つの文になる。net は特殊な状況でのみ使用されるが、'e' は一般的である。いくつかの例で、'e' の用法は明らかになるだろう。

qama'pu' DIHoH 'e' luSov
「彼らは、我々が囚人たちを殺した事を知っている」

この文は実際は (1) qama'pu' DIHoH「我々は囚人たちを殺す」

(qama'pu'「囚人たち」、DIHoH「我々は彼ら／彼女らを殺す」) +(2) 'e' luSov「彼らは～の事を知っている」('e'「～の事を」、luSov「彼らはそれを知っている」) の 2 つの文である。代名詞 'e' は前にある文「我々は囚人たちを殺す」を指し示す。

yaS qIppu' 'e' vIlegh「私は彼／彼女が士官たちを撃つのを見た」

ここの 2 つの文は、(1) yaS qIppu'「彼／彼女は士官を撃った」+ (2) 'e' vIlegh「私は～を見た」(vIlegh「私はそれを見る」) である。この文は同等の訳として「私は彼／彼女が士官を撃つのを見た」とも解釈されるだろう。2 番目の文の動詞 vIlegh の時制が中立である点に注意。翻訳で過去の時制になるのは 1 番目の動詞 qIppu'「彼／彼女は彼／彼女を撃った」(-pu'「完了」) による。この種の複文での 2 番目の動詞には、決してアスペクトを表す接尾辞は付かない (4.2.7 節)。

第 2 の文で、動詞の主語が三人称の場合 (つまり人称接頭辞は 0) で、意図される意味が「彼／彼女／それ／彼ら／彼女ら／それら」よりも「誰かが、(不特定の) 人が」である時、'e' の代わりに net が使われる。

qama'pu' DIHoH net Sov
「人が、我々が囚人たちを殺した事を知っている」

上のように、初めの文は qama'pu' DIHoH「我々が囚人たちを殺した」である。2 番目は net Sov「誰か／ある人が～の事を知っている」である。構文全体では、話者が属しているグループが囚人を殺した事は周知の事実である、と言う事が示唆される。

Qu'vaD lI' net tu'bej「それが任務に役立つ事を、人は確実に見出す」

この例の 1 番目の部分は Qu'vaD lI'「それは任務に役立つ」(Qu'vaD「任務のために」、lI'「役立つ」) である。2 番目の部分は net tu'bej「誰かが～を確実に発見する」「人は～に間違いなく気づく」である。全体の構文は、「誰かが、それが任務のために役立つ事を確実に発見するだろう」とも訳せる。「～だろう」は流暢な翻訳文にするための言葉であり、クリンゴン語の原文には未来や推量を示すものは無い点に注意せよ。

2番目の文の動詞が neH「～したい、～を望む」の時は、'e' も net も使われないが、それ以外の点では、構文は前述したものと同じである。

jIQong vIneH「私は眠りたい」
(**jIQong**「私は眠る」、**vIneH**「私はそれをしたい」)
qalegh vIneH「私はあなたに会いたい」
(**qalegh**「私はあなたに会う」、**vIneH**「私はそれをしたい」)
Dalegh vIneH「私はあなたが彼／彼女に会うのを望む」
(**Dalegh**「あなたは彼／彼女に会う」、**vIneH**「私はそれをしたい」)
qama'pu' vIjonta' vIneH「私は捕虜たちを捕らえたかった」

この最後の例では、1番目の部分は qama'pu' vIjonta'「私は捕虜たちを捕らえた」(qama'pu'「捕虜たち」、vIjonta'「私は彼らを捕らえた」)である。アスペクトの標識(この場合は -ta'「達成」)は1番目の動詞にのみ付く事を、再度留意せよ。2番目の動詞 vIneH「私はそれをしたい」は、時制が中立である。訳文が過去形であるのは(私は～したかった)1番目の動詞に付いている標識によるものである。

同様に、発言に関わる動詞(言う、話す、尋ねる、など)と共に、'e' と net は使われない。以下の簡単な2つのフレーズは、どちらの順番でも良い。

qaja'pu' HIqaghQo'
HIqaghQo' qaja'pu'「私の邪魔をするなとお前に言っただろう!」

これは直訳で「私はお前に言った、『私の邪魔をするな』と」または「『私の邪魔をするな』と私はお前に言った」(qaja'pu'「私はあなたに話した」、HIqaghQo'「私の邪魔をするな!」)となる。アスペクト標識は、1番目か2番目かにかかわらず、常に発言の動詞に付けられる。

最後に、行動を達成した事を表す rIntaH の用法(4.2.7 節)は、2つの動詞（2 つの文）から成る構文の、もうひとつの例である。

[6.3.] ～である

「～である」の意味に合致する単語はクリンゴン語に存在しない。一方、全ての代名詞（5.1 節）は、「私は～である」「あなたは～だ」などの意味で述語のように用いられる。

tlhIngan jIH「私はクリンゴン人である」
yaS SoH「あなたは士官だ」
puqpu' chaH「彼ら／彼女らは子供です」

代名詞は常に名詞のあとに続く。
同様に、「（場所）にいる」と言う意味に合致する動詞も存在しない。代名詞は、適切な位置に動詞接尾辞が付いた形で使われる。

pa'wIjDaq jIHtaH「私は私の部屋にいる」
（**pa'wIjDaq**「私の部屋に」、**jIH**「私は」、**-taH**「継続」）

上の例文の主語は、代名詞である。もし主語が名詞なら、その名詞は三人称代名詞（ghaH「彼／彼女は」、'oH「それは」、chaH「彼ら／彼女らは」、bIH「それらは」）のあとに続き、主題化接尾辞 -'e' を伴う（3.3.5 節参照）。

puqpu' chaH qama'pu''e'「囚人たちは子供である」
pa'DajDaq ghaHtaH la''e'「司令官は彼自身の部屋にいます」

これらの文は、「囚人たちについて、彼らは子供である」「司令官に関しては、彼は彼の部屋にいます」とも訳せるだろう。

[6.4.] 疑問文

疑問文には 2 種類ある。「はい」「いいえ」のどちらかで答えられるものと、回答として説明を要するものである。
はい／いいえ式の疑問文は、9 類接尾辞 -'a' が付けられた動詞を伴う事で成り立つ。4.2.9 節に例文が示されている。
はい／いいえ式の疑問文に適した答えは以下の通り。

HIja' または **HISlaH**「はい」
ghobe'「いいえ」

他の種類の疑問文には以下のような疑問詞が用いられる。

chay'「どのように？」
ghorgh「いつ？」
nuq「何が／を？」
nuqDaq「どこ？」
qatlh「なぜ？」
'ar「どれぐらい？」
'Iv「誰？」

疑問詞の 'Iv「誰？」と nuq「何が／を？」は、文の中で、その答えに対応する位置に合わせて置かれる。

例：
yaS legh 'Iv「誰が士官に会うのか」
'Iv legh yaS「士官は誰に会うのか」

1 例目は、その主語について尋ねているので、'Iv「誰？」は動詞 legh「彼／彼女は彼／彼女に会う」のあと、主語の位置に置かれている。2 例目では、目的語について尋ねられているので、疑問詞は動詞の前、目的語の位置に置かれている。
nuq「何が／を？」も同様である。

Duj ghoStaH nuq「何が船に向かっているのか」
nuq legh yaS「士官は何を見ているのか」

人称接頭辞に関しては、'Iv と nuq の両者とも、単数の名詞として指し示される。

nughoStaH nuq「何が我々に向かって来ているのか」
(nughoStaH「それは我々に向かっている」)
nuq Dalegh「あなたは何を見ているのか」
(Dalegh「あなたはそれを見る」)

「どこ？」と言う単語はnuqDaqで、確実にnuq「何が／を？」に接尾辞-Daq「場所」(3.3.5節参照)が付いたものである。場所を表す他の言葉(6.1節参照）と同じように、文の最初に来る。

nuqDaq So'taH yaS「士官はどこに隠れている？」
(So'taH「彼／彼女は隠れている」)

他の3種の単語も、同様に文の最初に現れる。

ghorgh Haw'pu' yaS「士官はいつ逃げた？」
(Haw'pu'「彼／彼女は逃げた」)
qatlh Haw'pu' yaS「士官はなぜ逃げた？」
chay' Haw'pu' yaS「士官はどうやって逃げた？」

さらに以下の例に注意。

chay' jura'「命令はなんですか？」

これは明らかにchay'「どのように？」とjura'「あなたは我々に命令する」から成り、従って直訳は「あなたはどのように我々に命令するのか？」となる。

疑問詞chay'「どのように？」は、1語だけの文として「どうしてそうなったんだ」「何が起きたんだ？」と言う意味で使われる事もある。

最後に、'ar「どれぐらい？」は対象となる名詞のあとに修飾する形で続く。複数形接尾辞（-pu'、-mey、-Du'。3.3.2節参照）の付いた名詞のあとに続くことはできない。

Haw'pu' yaS 'ar「何人の士官が逃げたんだ？」

(Haw'pu'「彼ら／彼女らは逃げた」、yaS「士官」)
nIn 'ar wIghaj「あとどれぐらいの燃料がある？」
(nIn「燃料」、wIghaj「我々はそれを持っている」)

[6.5.] 命令

命令は、適切な命令形接頭辞を用いて与えられる。4.1.2 節、4.3 節参照。

[6.6.] 比較文と最上級表現

何かが、何か他のものよりも多い・大きいと言う考え方（比較）は、以下の構文によって、決まった形で表現される。

A Q **law'** B Q **puS**

この定型文は、A と B が比較される 2 つのものを表し、Q は測られる性質を表す。定型文中の 2 つのクリンゴン語は law'「多い」と puS「少ない」である。従って、これは「A の Q は多い、B の Q は少ない」または「A の Q は B のものより多い」、もしくは「A は B よりも Q である」となる。

Q の位置には、性質や状況を意味する形容詞的動詞なら、どれでも適合するだろう。

la' jaq law' yaS jaq puS「司令官は士官よりも勇敢である」
(**la'**「司令官」、**jaq**「勇敢な」、**yaS**「士官」)

何かが全体の中で最高のもの・最大のものである、と言う最上級の表現では、名詞 Hoch「全て、みんな」を B の位置に置く。

la' jaq law' Hoch jaq puS「司令官は誰よりも勇敢だ」

比較と最上級の構文で、性質を表す動詞（上の文では jaq「勇敢な」）は常に 2 度言わなければならない。

7

短縮表現

前述の文法概略は“正統な”クリンゴン語を、つまりクリンゴンの学校で教えられる、または非クリンゴン向けに教えられるクリンゴン語を解説している。しかしながら、実際に日常で使われ、話されるクリンゴン語は、大抵はいくつかの要素を残しつつ、“正統な”形からは少々逸脱したものになる。会話で用られるこの省略された形は、クリンゴン語文法学者から短縮クリンゴン語と呼ばれ、軍事に関わる、話術よりも迅速なコミュニケーションが善しとされるような文脈で頻繁に聞かれる。同様の理由によるであろうが、短縮クリンゴン語は、クリンゴンのあらゆる職業や地位において非常に広範囲に用いられる。

以下に、短縮クリンゴン語のいくつかの特徴を解説する。

[7.1.] 命令

命令が与えられる際、命令形接頭辞（4.1.2 節）は原形の動詞から除外しても良い。

正統クリンゴン語：**yIbaH**「（魚雷を）発射しろ！」
短縮クリンゴン語：**baH**

正統クリンゴン語：**wIy yIcha'**「戦術画面を映せ！」
短縮クリンゴン語：**wIy cha'**
（**wIy**「戦術画面」、**cha'**「見せる、表示する」）

正統クリンゴン語：He chu' ylghoS「新しいコースを進め」
短縮クリンゴン語：He chu' ghoS
(He「コース」、chu'「新しい」、ghoS「行く、進行する」)

目的語の名詞が決定的に重要であり、その名詞に対して何をするのかが聞き手にとって明確な（もしくは明確でなければならない）場合、その名詞自体が命令としての役目を果たす。

正統クリンゴン語：chuyDaH yllaQ「スラスターを点火しろ！」
短縮クリンゴン語：chuyDaH「スラスター！」
(chuyDaH「スラスター」、laQ「点火する」)

正統クリンゴン語：HaSta ylcha'「画像を表示しろ！」
短縮クリンゴン語：HaSta「画像だ！」
(HaSta「画像」、cha'「見せる、表示する」)

最後に、他の文法標識、とりわけ名詞接尾辞は命令文から除外しても良い。

正統クリンゴン語：jolpa'Daq yljaH「転送室へ行け！」
短縮クリンゴン語：jolpa' yljaH
(jolpa'「転送室」、-Daq「場所」、jaH「行く、来る」)

名詞接尾辞が省かれた時に、動詞の命令形接頭辞も同時に省略される事は、あまりない。

[7.2.] 命令への返事、状況報告

命令への返事と状況報告もまた、短縮される傾向にある。

正統クリンゴン語：So'wl' vlchu'ta'「私は遮蔽装置を起動した」
正統クリンゴン語：So'wl' chu'lu'ta'「遮蔽装置は起動された」
短縮クリンゴン語：So'wl' chu'ta'「遮蔽装置は起動された」
(So'wl'「遮蔽装置」、vlchu'ta'「私はそれを起動した」、

chu'lu'ta'「それは起動された」)

上記の例では、短縮形は接頭辞 vI-「私は - それを」の省略と、接尾辞 -lu'「不定主語」の省略の、どちらにも対応する。

正統クリンゴン語：**jIyajchu'**「私は完璧に理解しました」
短縮クリンゴン語：**yajchu'**「完璧に理解しました」
(**yaj**「理解する」、**-chu'**「完璧に」)

この最後の例文では、短縮形は人称接頭辞 jI-「私は」が欠落している。これは短縮形の yaj'a'「理解したか？」(正統クリンゴン語では bIyaj'a'「お前は理解したか？」) のような質問に対する返答で聞く事ができるだろう。

[7.3.] 脅迫、興奮

重大な危険に直面していたり、迅速な行動が必要であろう場合に、クリンゴンは人称接頭辞を省略する傾向がある。この短縮形はまた、クリンゴンが何らかの理由で興奮している時にもよく耳にするものである。

正統クリンゴン語：**qama'pu' vIjonta' vIneH**「私は捕虜を捕らえたかった」
短縮クリンゴン語：**qama'pu' jonta' neH**「捕虜が欲しかった！」

代名詞的接頭辞 vI-「私は - 彼ら／彼女らを」が失われているにもかかわらず、状況によって、欲している（捕らえたいと思っている）人物が話者本人である事は明らかである。

辞典

辞典は３部に分かれる。クリンゴン語－日本語、日本語－クリンゴン語、接辞リスト、である。

クリンゴン語のアルファベット配列は以下の通り。

a, b, ch, D, e, gh, H, I, j, l, m, n, ng,
o, p, q, Q, r, S, t, tlh, u, v, w, y, ‘

ch、gh、ng、tlh は独立した１文字であると見なされる点に注意。従って、クリンゴン語リストに於いて、音節 no は nga より前に配置されている。

それぞれのクリンゴン語単語は種類（名詞、動詞など）を表す標識が付けられている。この標識は日本語訳の終わりにある。単語の種類を示す略称は、

（名）　名詞　（3 章）
（動）　動詞　（4 章）
（代名）　代名詞　（5.1 節）
（数）　数詞　（5.2 節）
（接続）　接続詞　（5.3 節）
（副）　副詞　（5.4 節）
（感）　感嘆詞　（5.5 節）
（疑問）　疑問詞　（6.4 節）

辞典を通して見ると、名詞と動詞のペア、つまり、名詞と動詞がどちら

も同じ形の単語がいくつもある事に気づくだろう。さらに、いくつかの、接尾辞と同一の形（そして意味もほぼ同じ）の単語がある（例えば、名詞 laH の意味は「能力、力量」で、動詞接尾辞 -laH は「～できる」）。

またクリンゴン語にはいくつかの同義語もある。すなわち、2 つの単語が同一の意味を持つ（例えば、joH と jaw「主人」、chetvI' と DuS「魚雷発射管」）。まれに、そのような同義語グループの 1 語は要素の分析が可能である。baHwI'「射撃手」は baH「（魚雷を）発射する」と -wI'「～するもの」から構成される。別の「射撃手」を表す単語は matHa' だが、現状では分析はできない。グループの中の言葉は部分的に分析可能な事もある。例えば、jonta'「エンジン」は jon で始まり、それは jonwI'「エンジニア」にも見出すことができる。また終わりの ta' は、mIqta'「機械」にも見られる。他の同義語グループの仲間、QuQ「エンジン」や jo'「機械」はそれ以上に分析する事はできない。（同義語グループが 3 つかそれ以上の単語から構成される事はあり得るが、今のところは発見されていない）

これらの同義語が、どのように差別化して用いられるのか、まだ究明されていない。多くの同義語グループは、軍事や行政の地位に関連する言葉（yaS、'utlh「士官」など）のため、クリンゴンの社会構造にヒントが隠されているかもしれない。一方で、ペアとなるいくつかの単語は機械学や工学に属する（上述の「エンジン」や「魚雷発射管」など）。クリンゴンのテクノロジーについてさらに詳細な知識を得られれば、各グループの単語間での意味に確かな差異がある事が明らかになるだろう。現時点では、同義語への理解は不完全であるにもかかわらず、クリンゴン語学習者は、各グループ内の単語の選択ミスで社会的失敗を犯してしまう事を、比較的確実に避けられるはずである。

これら様々なペア（名詞／動詞、単語／接尾辞、同義語グループ）はこの言語の古い段階における何かしらを示唆している事は間違いなく、これらは歴史的な問題で大いに重要性がある。しかし残念なことに、クリンゴン語の言語学的な歴史は、現在の研究の範囲外である。

この辞典の日本語ークリンゴン語の部は、参照しやすいように、利用者がもっとも探すであろう言葉で始まるようにしたため、時に文法上不正確なものもある。例えば、日本語の動詞・形容動詞「探す」「勇敢な」は、実質「…を探す」「…は勇敢である」と訳されるクリンゴン語の動詞に対応する。これらの単語は全て、「探す」「勇敢な」で始まる表記とした。翻訳するとフレーズの形になるクリンゴン語（例：wuQ「…は頭痛がする」）の場合も同様に「頭痛がする」と言う形になっている。

[ひとつの英単語を日本語に訳す場合、いくつもの類義語が考えられる。しかし、それら全てを列挙する事は難しいので、できるだけ代表的・一般的な日本語を選んで少数挙げ、その順序は主に英和辞典に準拠した。また少数だが、1985 年の原書刊行後に追加された情報を付記した。日本語訳では区別が難しくなる一部の単語には、対応する英語も併記した]

クリンゴン語ー日本語

【b】

bach	（動）（銃などを）撃つ、発射する
bach	（名）射撃、発射（銃など）
baH	（動）発射する（魚雷・ロケット・ミサイルなどを）
baHwI'	（名）射撃手、砲手
bang	（名）愛しい人
baS	（名）金属
batlh	（名）名誉（概念形、イメージとしての名誉）
batlh	（副）名誉ある、名誉と共に
bav	（動）軌道に乗る
ba'	（動）座る
bech	（動）苦しむ、耐える、受ける
begh	（名）ディフレクター
beH	（名）ライフル
bej	（動）観る、観察する
bel	（動）喜んでいる、満足している
bel	（名）喜び、楽しみ
belHa'	（動）不機嫌な
ben	（名）n 年前
bep	（名）苦痛、苦悩
bep	（動）不平・不満・愚痴を言う
beq	（名）クルー、船員
bergh	（動）短気な、怒りっぽい

be'　（名）女、女性
be' Hom　（名）少女、女の子
be' nal　（名）妻
be' nI'　（名）姉妹（の一人）
bID　（名）半分
bIghHa'　（名）監獄、牢屋
bIH　（代名）それらは、それらを・に
bIng　（名）下、下方向
bIp　（数）10 万、n 十万
bIQ　（名）水
bIQtIq　（名）川
bIQ' a'　（名）海
bIr　（動）冷たい、寒い
bIt　（動）神経質な、緊張している
bIv　（動）（規則を）破る
bobcho'　（名）モジュール
boch　（動）光っている、輝いている
bogh　（動）生まれる
boH　（動）短気な、イライラしている
boj　（動）小言・文句を言う
bong　（副）偶然に、たまたま
boq　（名）同盟、連合
boQ　（名）補佐官、側近
boQ　（動）手伝う、援助する
boQDu'　（名）副官
bortaS　（名）復讐
boS　（動）集める、コレクションする
bot　（動）妨げる、ふせぐ
botlh　（名）中心、真ん中
bov　（名）時代
bo' DIj　（名）法廷、裁判所
buD　（動）怠惰な、無精な
bup　（動）辞める、立ち退く
buQ　（動）脅す、脅迫する

burgh　(名) 胃、(体内の) 腹
buS　(動) 集中する、専念する
butlh　(名) 爪の垢
buv　(名) 分類、格付け
buv　(動) 分類する、格付けする
bu'　(名) 軍曹

【ch】

cha　(名) 魚雷 (複数)
chach　(名) 緊急事態
chagh　(動) 落ちる
chaH　(代名) 彼らは／彼女らは、彼らを／彼女らを
chal　(名) 空（そら）
chamwI'　(名) 技術者
chap　(名) 手の甲
chaq　(副) たぶん、恐らく、もしかすると
chargh　(動) 征服する
chav　(動) 達成する、(努力・技術・能力で) 成し遂げる
chav　(名) 達成、成就
chaw'　(動) 許可する、許す
chay'　(疑問) どのように、どうやって？
cha'　(動) 見せる、映す、表示させる
cha'　(数) 2
cha'DIch　(数) 第2の、2番目の
cha'Hu'　(名) おととい
cha'leS　(名) あさって
cha'logh　(副) 2回、2度
cha'puj　(名) ダイリチウム
cha'pujqut　(名) ダイリチウム結晶
chech　(動) 酔っている
chegh　(動) (場所に) 帰る、戻る
cheH　(動) 逃亡する、脱走する
chel　(動) 足す、加える
chen　(動) 形を成す

chep（動）繁栄する、栄える

cher（動）設立する、確立する

chergh（動）容認する、我慢する

chetvI'（名）魚雷発射管（複数）、やり投げ器

chev（動）離す、分ける（人や物をお互いに）

che'（動）統治する、支配する、君臨する

chIch（副）意図的に、故意に、わざと

chID（動）許可する（入る事を）、～を認める

chIj（動）航行する、操舵する

chIjwI'（名）航海士、ナビゲーター

chIm（動）空の、空いた、無人の

chIp（動）切る、刈る（髪を）

chIrgh（名）寺、聖堂、礼拝堂

chIS（動）白い

choH（動）変わる、変更・変換する

choH（名）変化、変更

chol（動）接近する、近づく

choljaH（名）ポニーテール留め

chom（名）バーテンダー

chong（動）垂直な、直立した

chop（動）嚙む、嚙みつく

choq（名）保存する、維持する

chor（名）腹、腹部

chorgh（数）8

chorghDIch（数）第８の、８番目の

choS（動）脱走する、見捨てる

choS（名）たそがれ、薄明

chot（動）人を殺す、殺害する

chovnatlh（名）見本、標本

chuch（名）氷

chun（動）無罪の、潔白な

chunDab（名）流れ星、隕石

chung（動）加速する

chup（動）推薦する、勧める、提案する

chuq （名）距離、範囲
chuQun （動）気高さ、高潔さ
chuS （動）うるさい、やかましい
chut （名）法律
chuv （動）残りの、余りの
chuvmey （名）残り物（文法用語）
chuyDaH （名）スラスター、推進器（複数）
chu' （動）新しい
chu' （動）作動させる（装置を）

【D】
Dach （動）欠席している、不在の
DaH （副）今、今すぐ
Daj （動）興味深い、面白い
Dal （動）退屈な、つまらない
Dan （動）占領する
Dap （名）たわごと、ナンセンス
Daq （動）立ち聞きする、盗聴する
DaQ （名）ポニーテール
DaS （名）ブーツ（単数）
DaSpu' （名）ブーツスパイク
Dat （名）どこでも、至る所
Daw' （動）革命・反乱を起こす
Daw' （名）革命、大変革
Da' （名）伍長
Deb （名）砂漠
Dech （動）囲む、包囲する
Degh （名）（船の）かじ
DeghwI' （名）舵取り、操舵手
Dej （動）つぶれる、崩れる
Del （動）記述する、描写する
DenIb （名）デネブ星
DenIbngan（名）デネブ人
DenIb Qatlh（名）デネビアン・スライムデビル

Dep　（名）（非ヒューマノイドの）生物
DeQ　（名）クレジット（通貨単位）
DeS　（名）腕
Dev　（動）導く、案内する
De'　（名）データ、情報
De' wI'　（名）コンピュータ、電子頭脳
DIb　（名）権利、特権
DIch　（名）確実性
DIl　（動）支払う
DIlyum　（名）トリリウム（ユリ科の薬草）
DIng　（動）回転する、スピンする（継続的）
DIp　（名）名詞
DIr　（名）皮、皮膚
DIS　（名）洞窟
DIS　（動）告白する
DIS　（名）（クリンゴン暦の）年
DIv　（動）有罪の、罪を犯した
DIvI'　（名）連邦、連合、団体
DIvI' may' Duj（名）連邦巡洋戦艦
Do　（名）速さ、速度
Doch　（動）無礼な、失礼な
Doch　（名）物、物体
Dogh　（動）馬鹿な、馬鹿馬鹿しい（物事・言動が）
Doghjey　（名）無条件降伏
DoH　（動）後退する、…から遠ざかる
Doj　（動）印象的な、素晴らしい、見事な
Dol　（名）存在、実体、エンティティ
Dom　（名）ラダン（未加工のダイリチウム結晶）
Don　（動）平行の、パラレルな
Dop　（名）側(がわ)、面、側面、そば
Doq　（動）赤い、オレンジ色の
DoQ　（動）（領土・所有権を）主張する
Dor　（動）護衛する、エスコートする
DoS　（名）的、標的、ターゲット（単数）

Dotlh　（名）状況、事情、ステータス
Doy'　（動）疲れた、くたびれた
Doy' yuS　（名）トロイアス（惑星）
Do'　（動）幸運な、ラッキーな
Do'　（副）幸運にも、運よく
Dub　（名）背中
Dub　（動）改善する、改良する
DuD　（動）混ぜる、混合・調合する
Dugh　（動）油断のない、用心深い
DuH　（動）可能な、あり得る
DuH　（名）可能性、選択肢
Duj　（名）本能
Duj　（名）船、艦
Dum　（動）昼寝する、うたた寝する
Dun　（動）優れた、素晴らしい、素敵な (great)
Dung　（名）上、上方向
Dup　（名）戦略、策略
DuQ　（動）刺す、突く
DuS　（名）魚雷発射管（単数）
DuSaQ　（名）学校
Duv　（動）前進させる、促進する
Duy　（名）使者、外交員
Duy'　（動）欠点・欠陥のある、不完全な
Duy'　（名）欠点、欠陥、弱点
Du'　（名）農場、畑

【gh】
ghagh　（動）うがいする
ghaH　（代名）彼／彼女は、彼／彼女を・に
ghaj　（動）持つ、所有する
ghap　（接続）または、…と…のどちらか（名詞接続）
ghaq　（動）寄付・寄贈する
ghar　（動）外交を行う
ghar　（名）外交

ghargh	（名）	ガーグ（生物としての）
gharwI'	（名）	外交官
ghatlh	（動）	支配する、優位を占める
ghegh	（動）	粗い、ザラザラした、粗雑な
ghem	（名）	深夜の軽食
ghIb	（動）	承諾する、同意する
ghIch	（名）	鼻
ghIgh	（名）	ネックレス
ghIH	（動）	散らかった、乱雑な、汚ない
ghIj	（動）	怖がる、恐れる
ghIm	（動）	追放する、流刑にする
ghIpDIj	（動）	軍法会議にかける
ghIQ	（動）	休暇を取る
ghIr	（動）	くだる、下りる
ghItlh	（名）	原稿、手稿
ghItlh	（動）	書く、筆記する、彫る、刻む
gho	（名）	円
ghob	（名）	倫理、道義
ghobe'	（感）	いいえ（質問への答え）
ghoch	（名）	目的地、行き先
ghoD	（動）	詰め込む、詰め物をする
ghogh	（名）	声
ghoH	（動）	異議をとなえる、反対する
ghoj	（動）	学ぶ、習う
ghojmoH	（動）	教える、指導する
ghojwI'	（名）	生徒、学生
ghol	（名）	（対戦・競争の）相手、敵対者・国
ghom	（名）	集団、群れ、グループ、パーティ
ghom	（動）	集まる、集合する、待ち合わせる
ghomHa'	（動）	解散する、散り散りになる
ghom'a'	（名）	群衆、人混み
ghong	（名）	乱用、悪用
ghong	（動）	乱用・悪用する
ghop	（名）	手

ghopDap（名）小惑星、アステロイド
ghoq（動）スパイする、密かに探る
ghoqwI'（名）スパイ、密偵
ghor（動）壊す、割る、折る
ghor（名）地表（惑星表面）
ghorgh（疑問）いつ？
ghoS（動）行く、来る、向かう、進む、（コースを）たどる
ghoS（動）強く押す、突っ込む
ghot（名）人、人物、個人（ヒューマノイド）
ghov（動）識別する、見分けがつく
gho'（動）踏む、踏みつける
gho'Do（名）亜光速
ghu（名）赤ん坊、乳児
ghuH（名）警報、警戒警報、アラート
ghuH（動）対策する、警戒する
ghuHmoH（動）警報を出す、警戒態勢をとらせる
ghum（名）警報、警報器、アラーム
ghum（動）警報器・アラームを鳴らす
ghun（動）プログラムする（コンピュータ）
ghung（動）腹が減った、空腹の
ghup（動）飲み込む
ghur（動）増える、増加する
ghuS（動）（魚雷などの）発射準備ができている
ghu'（名）状況、形勢、局面、シチュエーション

【H】
Hab（動）平坦な、すべすべした、なめらかな
HabII'（名）データ送受信装置
Hach（動）（都市などが）発展した、先進の
HaD（動）学習する、研究する
Hagh（動）（声を出して）笑う
Haj（動）ひどく怖がる、…を恐れる
Hal（名）源、（発信）元、情報源、出どころ
HanDogh（名）ナセル

Hap （名）物質

Haq （名）手術、外科手術

HaQchor （名）サッカリン、人工甘味料

Har （動）信じる

HaSta （名）映像ディスプレイ、ビデオ（表示モードのひとつ）

Hat （動）違法な、非合法な

Hat （名）温度

Hatlh （名）地方、田舎

Haw' （動）逃げる、脱出する

Hay' （動）決闘する、対決する

Ha' （感）さあ、行こう、来い

Ha' DIbaH （名）動物、肉

He （名）コース、ルート、針路、経路

Hech （動）（～する）つもりである、～する意図がある

HeD （動）撤退する、後退する

HeDon （名）平行コース

Hegh （動）死ぬ

HeghmoH （動）致命的な、破滅的な

HeH （名）刃、ふち、へり

Hej （動）強奪する、強盗する

Hem （動）誇り高い、名誉な

HeQ （動）（要求・命令・規則などに）従う、応じる (comply)

Hergh （名）薬、薬品

HeS （動）罪を犯す

HeS （名）犯罪

HeSwI' （名）犯罪者、犯人

Hev （動）受け取る

He' （動）臭いを発する

He' So' （動）悪臭を放つ

HIch （名）銃、ハンドガン

HIchDal （名）エアロック、気閘（きこう）

HIDjolev （名）メニュー

HIgh （動）卑怯な戦い方をする

HIja' （感）はい、そうです（質問への答え）

HIp （名）制服、ユニフォーム

HIq （名）酒、ビール、ワイン、アルコール

HISlaH （感）はい、そうです（質問への答え）

HIv （動）攻撃する

HIvje’ （名）グラス、カップ、杯、タンブラー

HI’ （名）独裁者、暴君

HI’ tuy （名）独裁政権［国］

Hob （動）あくびをする

Hoch （名）全て、全部、みんな、全員

HoD （名）船長、艦長

Hogh （名）（クリンゴン暦の）週

HoH （動）殺す

HoH’ egh （動）自殺する

Hoj （動）用心深い、慎重な

Hol （名）言語、言葉、〇〇語

Hom （名）骨

Hon （動）疑う、～ではないと思う

Hong （名）推進力

Hop （動）遠い、離れた

Hoq （名）遠征、探検

Hoqra’ （名）トライコーダー

HoS （動）強い、力がある、強壮な

HoS （名）力（ちから）、エネルギー、パワー

HoSchem （名）エネルギーフィールド

HoSDo’ （名）エネルギー生命体

HoSghaj （動）強い、強力な、勢力のある

Hot （動）さわる、触れる

Hotlh （動）映す、表示する

Hotlh （動）スキャンする

HotlhwI’ （名）スキャナー

Hov （名）星、恒星

Hovtay’ （名）星系

Hoy’ （動）（人を）祝う、おめでとうを言う

Ho’ （動）称賛する、褒める

Ho'　（名）歯
Ho''oy'　（名）歯痛
Hu　（名）動物園
Hub　（動）守る、防衛・防御する
Hub　（名）守り、防衛、防御
Huch　（名）金(かね)、金銭
HuD　（名）山、丘
Hugh　（名）のど
Huj　（動）見知らぬ、見なれない
Huj　（動）充電する、充填する
Hum　（動）粘着性のある、ねばねばする
Human　（名）人間（地球人類）
Hung　（名）安全、治安、セキュリティ
Hup　（動）罰する、こらしめる
Huq　（動）取引する、業務を処理する
Hur　（名）外、外側、外部
Hurgh　（動）暗い、暗黒の
Hurgh　（名）（キュウリの）ピクルス
HuS　（動）吊るす、掛ける、垂れる
Hut　（数）9
HutDIch　（数）第９の、９番目の
Huv　（動）障害物のない、空(す)いている
Huy'　（名）眉、眉毛
Hu'　（名）n日前
Hu'　（動）起きる、立ち上がる

【j】
jab　（動）給仕する、食事を出す
jabbI'ID　（名）データ通信・送信
jach　（動）叫ぶ、怒鳴る
jagh　（名）敵、敵兵、敵軍
jaH　（動）行く
jaj　（名）日（夜明けから次の夜明けまで）
jajlo'　（名）夜明け、あけぼの

jan　（名）装置、機器、デバイス
jang　（動）答える、返事をする
jaq　（動）勇敢な、大胆な
jar　（名）（クリンゴン暦の）月
jat　（名）舌
jatlh　（動）話す（…を）
jav　（数）6
javDIch　（数）第6の、6番目の
jaw　（動）雑談する、おしゃべりする
jaw　（名）主人、支配者
ja'　（動）（人に）言う、話す、伝える
ja' chuq　（動）話し合う、議論する
je　（接続）と、また（名詞接続）
jech　（動）変装する、偽装する
jegh　（動）あきらめる、降伏する
jeH　（動）上の空の、ぼんやりしている
jej　（動）鋭い、鋭利な
jen　（動）（高さが）高い
jeQ　（動）自信のある、自信過剰の
jeS　（動）参加する、関与する
jev　（動）嵐が起こる、天気が荒れる
jey　（動）負かす、倒す、打ち破る
je'　（動）買う、購入する
je'　（動）（動物に）餌をやる
jIb　（名）髪、頭髪
jIH　（代名）私は、私を・に
jIH　（名）映像スクリーン（映像機器）
jIj　（動）協力的な、協調の、共同の
jIl　（名）隣人、近所の人
jInmol　（名）計画、事業、プロジェクト
jIp　（名）罰、罰金、報い
jIv　（動）無知の、無学の
jo　（名）資源、物資、リソース（複数）
joch　（動）有害な、害のある

joD （動）かがむ

joH （名）主人、支配者

joj （名）間（あいだ）、…の間

jojlu' （名）領事

jol （動）転送する

jol （名）転送ビーム

jolpa' （名）転送室

jolvoy' （名）転送イオン化ユニット

jon （動）捕まえる、捕獲する

jonta' （名）エンジン

jonwI' （名）技術者、エンジニア

joq （動）はためく、波打つ、脈打つ

joq （接続）か、と、どちらかまたは両方（名詞接続）

joqwI' （名）旗

jor （動）爆発する

jorwI' （名）爆発物、爆弾

joS （動）うわさ話をする

joS （名）うわさ、風聞

jot （動）穏やかな、落ち着いた

jotHa' （動）不安な、心配な、落ち着かない

jotlh （動）（物を、高い所から）降ろす

joy' （動）拷問にかける

jo' （名）機械、機械類

jub （動）不死の、不死身の

jubbe' （動）死を免れない、寿命のある

juH （名）（建築物としての）家

jum （動）奇妙な、怪しい

jun （動）避ける、回避行動をとる

jup （名）友達、友人

juS （動）追いつく、追い抜く

juv （動）測定する、測る

【l】

lab （動）データを送信する、アップロードする

lach （動）大げさに言う、誇張する
laD （動）読む
laH （名）能力、力量
laj （動）受け入れる、引き受ける
laj （名）受け取り、受諾、承諾
lalDan （名）宗教、〇〇教
lam （動）汚れた、汚い
lam （名）土、ほこり
lan （動）置く、設置する
lang （動）薄い、細い
laQ （動）（スラスターなど）点火する、噴射させる
largh （動）臭いを嗅ぐ
laSvargh （名）工場、製造所
law' （動）多い、たくさんの
lay' （動）約束する
la' （名）司令官、指揮官
legh （動）見る、会う
leH （動）維持する、整備・メンテナンスする
leH （名）整備、メンテナンス
lel （動）取り出す
leng （動）旅する、旅行する、さまよう
leng （名）旅、旅行、航海
lengwI' （名）浮遊辞（文法用語）
leQ （名）スイッチ、ボタン
leS （名）n日後
leS （動）休む、リラックスする
leSpoH （名）上陸休暇
let （動）堅い、硬い
le' （動）特別な、例外的な、並外れた
lIgh （動）（馬・自転車・オートバイに）乗る
lIH （動）紹介する
lIj （動）忘れる、思い出せない
lIm （動）慌てる、パニックになる
lInDab （名）スパイ行為、諜報活動

llng　（動）作り出す、生み出す、生産・製造する
llq　（動）かき集める、寄せ集める
llS　（動）調節する、調整する
lly　（名）彗星
ll'　（動）役に立つ、有益な、便利な
ll'　（動）データを受信する、ダウンロードする
lob　（動）（人・命令などに）従う、…に服従する (obey)
lobHa'　（動）従わない、違反する、背く
loch　（名）口ひげ
loD　（名）男、男性
loDHom　（名）少年、男の子
loDnal　（名）夫、男性配偶者
loDnI'　（名）兄弟（の一人）
logh　（名）空間、宇宙（space）
loH　（動）管理する、運営する
loH　（名）管理、運営
loj　（動）使い切った、尽きた、品切れの
lojmIt　（名）ドア、門
lolSeHcha（名）姿勢制御スラスター
lom　（名）死体
lon　（動）見捨てる、断念する、放棄する
lop　（動）（記念日や出来事を）祝う
loQ　（副）少し、ちょっと～する
loS　（動）（～を）待つ
loS　（数）4
loSDIch　（数）第４の、４番目の
loSpev　（名）クアドロトリティケール
lot　（名）大災害、カタストロフィ
lotlh　（動）反抗・反逆する
lotlhwI'　（名）反逆者、謀反人
loy　（動）推測・推定する、～だと思う
lo'　（動）使う、用いる
lo' laH　（動）高価な、貴重な
lo' laHbe'（動）価値のない、無用の

luch　（名）設備、装備、用具
lugh　（動）正しい、合っている、誤りのない
luH　（動）引っ張る、牽引する
luj　（動）失敗する、～しそこなう
lullgh　（名）避難、逃避
lum　（動）延期する、後回しにする
lup　（名）秒（時間）
lup　（動）輸送・運送する
luq　（感）はい、OK、やります
lur　（名）瞳
lurDech　（名）伝統、慣習
lut　（名）話、物語、ストーリー
lutlh　（動）原始の、太古の
lu'　（感）はい、OK、やります

【m】

mab　（名）条約、契約、合意、アカウント
mach　（動）小さい、小型の
magh　（動）裏切る、背く
maghwl'　（名）裏切者、反逆者
maH　（数）10、n十
maH　（代名）我々は、我々を・に
maj　（感）よし！、いいぞ！、けっこう！
majQa'　（感）見事だ！、良くやった！、でかした！
malja'　（名）職業、業務、ビジネス
mang　（名）兵士（単数）
mangghom（名）軍隊
maq　（動）宣言する、公布する
maS　（動）（…の方を、複数の内ひとつを）好む、選ぶ
maS　（名）月（衛星）
maSwov　（名）月光、月明かり
matHa'　（名）射撃手、砲手
mavjop　（名）ペーパークリップ、紙挟み
maw　（動）（人の）感情を傷つける

maw' (動) 気が狂った、正気ではない
may (動) 公平な、公正な
may' (名) 戦い、戦闘（具体形）
may'Duj (名) 巡洋戦艦
may'morgh (名) 戦闘隊形、陣形
ma' (動) 収容する、(n 人を) 収容できる、泊める
meb (名) 客、賓客、ゲスト
mech (動) 交換する、取引する
megh (名) 昼食、ランチ
meH (名) 艦橋、ブリッジ（橋の意味はない）
mem (名) カタログ、目録
mep (名) プラスティック
meq (名) 理由、動機
meq (動) 推論する、論理的に考える
meQ (動) 燃える、燃やす、焼く
mer (動) 驚かす
mev (動) 止まる、やめる
mIch (名) 区域、地帯、セクター
mID (名) コロニー、植民地
mIgh (動) 不道徳な、邪悪な
mIm (動) 遅らせる、先延ばしにする
mIn (名) 目
mIp (動) 豊富な、金持ちの
mIqta' (名) 機械、機械類
mIr (名) 鎖、連続
mIS (動) 混乱した
mIS (名) 混乱、困惑
mISmoH (動) 混乱・困惑させる、戸惑わせる
mIv (名) ヘルメット、帽子
mIy (動) 自慢する
mI' (名) 数、数字、番号
mob (動) 孤立した、単独の
moch (名) 上司、上官、上位の者
moD (動) 急ぐ、急いで行う

mogh （動）挫折した、失望した、悔しく思う
moH （動）醜い、不細工な
moHaq （名）接頭辞
moj （動）なる、…になる
mojaq （名）接尾辞
mol （動）埋める、埋葬する
mol （名）墓、墓所
mon （名）首都
mong （名）首
mongDech（名）襟、カラー
mop （名）ローブ
moQ （名）球、球体
moS （動）妥協する、譲歩する、和解する
motlh （動）通常の、普通の、いつもの
motlhbe' （動）まれな、普通でない
moy' bI' （名）スリングショット、投石器
mo' （名）鳥かご、ケージ
mub （動）合法な、正当な、法律上の
much （動）贈呈する、提出する、上演・上映する
much （名）贈呈、提示、上演、ショー、映画、番組
muD （名）大気、空気
mugh （動）翻訳する
mughato'（名）ムガート
mughwI' （名）翻訳者、翻訳機（トランスレーター）
muH （動）処刑する、死刑を執行する
muj （動）間違った、誤った
mul （動）頑固な、強情な
mung （名）発端、起源、原因
mup （動）打つ、殴る、衝撃を与える
muS （動）憎む、ひどく嫌う
mut （動）わがままな、自分勝手な
mut （名）種（しゅ）、種類、生物種
muv （動）接合する、参加・加入する
mu' （名）単語、語

mu' ghom（名）辞典、辞書
mu' tay'（名）語彙、ボキャブラリー
mu' tlhegh（名）文、文章

【n】

nab（動）計画・企画する
nach（名）頭、頭部
naDev（名）ここ、この辺
nagh（名）石、岩、セラミック
naj（動）夢を見る
nap（動）単純な、簡素な、シンプルな
nargh（動）現れる、登場する
naS（動）悪意のある、意地の悪い
nav（名）紙
nawlogh（名）小艦隊（艦隊の一部、または独立したもの）
naw'（動）接近する、アクセスする
nay（動）（女性が）結婚する
nay'（名）料理
nech（動）横の、側面の、横移動の
negh（名）兵士（複数）
neH（副）だけ、～のみ、単に、たかが
neH（動）欲する、望む、～したい
neHmaH（名）中立地帯
nej（動）探す、捜す、探査する
nem（名）n 年後
nep（動）嘘をつく
net（代名）事を、（前の文を指して）～を
netlh（数）万、n 万
ne'（名）下士官
nIb（動）同一の、全く同じ
nIch（名）弾薬
nID（動）試す、～しようと試みる
nIH（名）右
nIH（動）盗む

nIHwI'　（名）盗人、泥棒
nIj　（動）漏れる
nIn　（名）燃料
nIQ　（名）朝食
nIS　（動）妨害する、邪魔をする
nItlh　（名）指、手の指
nIv　（動）上位の、上手（うわて）の、優れた
nIvnav　（名）パジャマ
nI'　（動）（時間・期間が）長い、長期の
nob　（名）贈り物、プレゼント
nob　（動）与える、贈る、あげる
noch　（名）センサー、感知器
noD　（動）仕返しする、報復する
nogh　（動）もだえる、もがく
noH　（動）評価する、鑑定する、見積もる
noj　（動）貸す
nol　（名）葬式、葬儀
nom　（副）速く、急いで、すばやく
non　（動）腐った
nong　（動）情熱的な、熱心な
nop　（動）除外・省略する、オミットする
noSvagh　（名）防臭剤、デオドラント
not　（副）決して～しない、全く～ない、一度も～した事がない
nov　（名）異星人、外国人
nov　（動）異星の、外国の
noy　（動）有名な、よく知られた
no'　（名）先祖、祖先（複数）
nub　（動）疑う、…を疑わしく思う
nubwI'　（名）前任者
nuch　（名）臆病者、腰抜け
nuD　（動）テストする、調査・検査する
nugh　（名）社会
nuH　（名）武器、兵器

nuHHom （名）小型武器、小火器

nuj （名）口（顔の）

num （動）昇進させる、増進・促進する

nung （動）先行する、先んずる

nup （動）減少する、低下する、衰える

nural （名）ニューラル（うしかい座ゼータ星第３惑星）

nuralngan （名）ニューラル人

nuq （疑問）何が、何を・に

nuqDaq （疑問）どこで・へ・に

nuqneH （感）何の用だ？、何が欲しい？（挨拶）

nuQ （動）困らせる、悩ませる、苛立たせる

nur （名）威厳、尊厳、品位

nuS （動）嘲笑する、笑いものにする

nuv （名）人、人物、集団の中のひとり（ヒューマノイド）

【ng】

ngab （動）消える、消滅する

ngach （動）議論・討論する

ngan （名）住人、住民、居住者

ngaq （名）支援、援護

ngaS （動）含む、…が中に入っている

ngat （名）火薬

ngav （名）書痙（しょけい）

ngeb （動）ニセの、偽りの、偽造の

ngech （名）谷、渓谷

ngeD （動）容易な、易しい、簡単な

ngeH （動）送る、発送する

ngej （動）病気をうつす、感染させる

ngem （名）森、林、森林

ngeng （名）湖

ngep （動）（～に）優先する、オーバーライドする

nger （名）学説、理論、セオリー

ngev （動）売る、販売する

nge' （動）取り上げる、取り除く、奪う

ngII （動）あえて～する、～する勇気がある
ngIm （動）腐敗した、堕落した
ngIp （動）借りる
ngIv （動）パトロールする、巡視する
ngoD （名）事実
ngoH （動）（油などを）塗りつける、汚す
ngoj （動）落ち着かない、じっとしていられない
ngong （名）実験
ngong （動）実験する
ngoq （名）記号、符号、コード、暗号
ngoQ （名）ゴール、目標、目的
ngor （動）騙す、あざむく、詐欺をする
ngoS （動）溶ける、分解する
ngotlh （動）熱狂的な
ngoy' （動）責任がある、義務がある
ngo' （動）古い、老朽化した
ngup （名）マント、ケープ
ngu' （動）確認・識別する、明らかにする

【p】

pab （動）従う（規則・法律に）、守る
pab （名）文法
pagh （名）も～ない、誰も～ない
pagh （接続）か、または（どちらか一方）（文接続）
pagh （数）ゼロ、零
paH （名）ガウン、ドレス
paj （動）辞める、辞任・辞職する
paq （名）本、書物
paQDI'norgh （名）教訓、教え
par （動）嫌う、…が嫌いである
parHa' （動）好む、…が好きである
paSlogh （名）靴下、ソックス（複数）
pat （名）システム、体系、系統
pav （動）緊急の、切迫した

paw	（動）	着く、到着・到達する
paw'	（動）	ぶつかる、衝突する
pay	（動）	後悔する、残念に思う、惜しむ
pay'	（副）	急に、突然に
pa'	（名）	部屋、チェンバー
pa'	（名）	そこ、そこら辺
peD	（動）	雪が降る、（葉などが）舞い散る
pegh	（動）	秘密を守る、～を他言しない
pegh	（名）	秘密、機密事項
pej	（動）	（建物を）取り壊す、解体する
pem	（名）	昼間、日中
pemjep	（名）	真昼、正午
peng	（名）	魚雷（単数）
pep	（動）	持ち上げる、掲げる
per	（名）	ラベル、レッテル、名札、貼り札
per	（動）	（…に）ラベル・札・付箋・レッテルを貼る
pey	（名）	酸
pe'	（動）	切る、カットする
pIch	（動）	非難する、咎める
pIch	（名）	非難、咎め、（過失の）責任
pIgh	（名）	廃墟、旧跡
pIH	（動）	期待する、（予想して）待つ
pIH	（動）	疑い深い
pIj	（副）	しばしば、頻繁に、何度も
pIm	（動）	違う、異なる
pIn	（名）	主任、親分、社長、ボス
pIp	（名）	脊柱、脊椎
pIqaD	（名）	クリンゴン書記体系、ピカド
pItlh	（感）	終わった！、済んだ！、やった！
pIv	（動）	健康な
pIvghor	（名）	ワープ・ドライブ
pIvlob	（名）	ワープ速度
pI'	（動）	太い（肥満の意味ではなく、文字などにも使う）
po	（名）	朝

pob （名）体毛、動物の毛
poch （動）植える、（種を）蒔く
poD （動）切り取られた、刈られた、短縮された
pogh （名）手袋、グローブ
poH （名）時間、時刻
poH （動）時間を計る、時期を決める・調整する
poj （名）分析、解析
poj （動）分析・解析する
pol （動）取っておく、保管・保持する
pom （名）赤痢
pon （動）説得する、納得させる
pong （名）名前、呼称
pong （動）名づける、…と呼ぶ
poq （名）消化不良
poQ （動）要求する、～を求める
porgh （名）身体、肉体、ボディ
poS （名）左、左側
poS （動）開いた、開いている
poSmoH （動）開ける、開く
potlh （名）重要な物、重大な事
pov （名）午後
pov （動）優良な、極めて良い、立派な、卓越した
po' （動）熟練した、上手な
pub （動）沸く、沸騰する
puch （名）便器
puchpa' （名）トイレ、便所
pugh （名）かす、残りかす、くず
puH （名）陸地、土地、地面
puj （動）弱い、もろい
pujmoH （動）弱める、もろくする
pujwI' （名）弱虫、弱者
pum （名）告発、告訴、非難
pum （動）告発・告訴する、訴える
pum （動）倒れる、落ちる

pung （名）慈悲、情け
pup （動）完璧な、厳密・精密な
pup （動）蹴る、キックする
puq （名）子供、子孫
puqbe' （名）娘
puqloD （名）息子
puQ （動）うんざりしている、飽き飽きしている
puS （動）少ない、少しの、少量の
puS （動）（銃の照準ごしに）狙う
puv （動）飛ぶ、飛行する
puy （動）大破させる、めちゃめちゃに壊す
puyjaq （名）新星（天体現象）
pu' （名）フェイザー、角（つの）
pu' beH （名）フェイザー・ライフル
pu' beq （名）フェイザー・クルー（射撃手）
pu' DaH （名）フェイザー・バンク
pu' HIch （名）フェイザー・ピストル

【q】
qab （動）悪い、下手な、だめな、不道徳な
qab （名）顔、顔面
qach （名）建物、ビルディング
qagh （動）中断する、さえぎる
qaH （名）あなた、お客様、だんな様、閣下、サー
qal （動）堕落した、買収された
qalmoH （動）堕落させる、買収する
qam （名）足（くるぶしから先の部分）
qama' （名）囚人、捕虜
qan （動）老いた、年をとった
qap （動）（反対されても）主張する、力説する、言い張る
qaS （動）起こる、発生する
qat （動）包む、くるむ
qatlh （疑問）なぜ？、どうして？
qaw （動）思い出す、覚えている

qawHaq　（名）メモリーバンク
qawmoH　（動）思い出させる、気付かせる
qay'　（動）問題がある、困った、面倒な
qa'vam　（名）ジェネシス、創世、ビッグバン
qech　（名）考え、アイデア、発想
qeD　（動）退去する、明け渡す
qeH　（動）不快に思う、腹を立てる
qej　（動）怒りっぽい、意地悪な
qell'qam　（名）ケリカム（距離の単位、約 2㎞）
qem　（動）持って来る・行く、連れて来る・行く
qempa'　（名）先祖、祖先（単数）
qeng　（動）運ぶ、運搬する
qep　（名）集会、会議、会合
qeq　（名）訓練、演習
qeq　（動）練習する、訓練する
qeS　（名）アドバイス、助言、忠告
qeS　（動）アドバイスする、助言する
qet　（動）走る、駆ける
qetlh　（動）面白くない、つまらない
qev　（動）群がる、押し寄せる
qevaS　（名）キヴァ（宝石の一種）
qevpob　（名）頬
qIb　（名）銀河
qIbHeS　（名）銀河辺縁
qIch　（動）（人・行為を）非難する、糾弾する
qIgh　（名）近道、抜け道、ショートカット
qIH　（動）初めて会う、（主語が、目的語と）ファーストコンタクトする
qIj　（動）黒い
qIl　（動）取り消す、取りやめる、キャンセルする
qIm　（動）注意・注目する、集中する
qImHa'　（動）無視する、気にしない
qIp　（動）打つ（手・拳・道具で）、叩く
qIQ　（動）反抗する、叛乱する

qIv　（名）膝
qI'　（動）署名する、調印する、（条約を）結ぶ
qoch　（名）仲間、相棒、パートナー
qogh　（名）ベルト
qoH　（名）馬鹿、愚か者
qoj　（名）崖、絶壁
qoj　（接続）か、と、どちらかまたは両方（文接続）
qon　（動）記録する、録音・録画する、作曲する
qop　（動）逮捕する
qoq　（名）ロボット
qor　（動）（ゴミを）あさる、（街路などを）掃除する
qorDu'　（名）家族、一家
qotlh　（動）くすぐる
qoS　（名）誕生日
qoy'　（動）懇願・嘆願する、請いねがう
qub　（動）まれな、希少な、レアな
quch　（動）誘拐する、さらう
qugh　（動）巡航する、巡回する
quHvaj　（名）ふけ
qul　（名）火
qum　（動）統治する、支配する、政治を行う
qum　（名）統治、行政、政府
qun　（名）歴史
qun　（動）叱る、説教する
qup　（名）年寄り、年長者、長老
quprIp　（名）元老院
quq　（動）同時に起こる（複数の主語が）
qur　（動）貪欲な、がめつい
quS　（名）椅子、座席
qut　（名）結晶、クリスタル
qu'　（動）獰猛な、凶暴な、猛烈な

【Q】
Qab　（名）サラゲン（クリンゴンの神経ガス）

QaD　（動）乾燥した、乾いた

Qagh　（名）誤り、間違い、ミス、エラー

Qagh　（動）誤る、間違う、失敗する、ミスする

QaH　（動）助ける、救助する

Qam　（動）立つ、立ち上がる

Qan　（動）保護する、守る

Qap　（動）成功する、機能する、はたらく、勝つ

Qapla'　（名）成功

QaQ　（動）良い、優れた、適した、好ましい(good)

Qargh　（名）亀裂、裂け目、ひび

QaS　（名）部隊、中隊

Qat　（動）人気のある、評判の良い

Qatlh　（動）難しい、困難な、複雑な

Qav　（動）最後の、ラストの

Qaw'　（動）破壊する、滅ぼす、完全に使えなくする

Qay　（動）移転する、転任・転勤・転校する

Qay'　（動）激怒・激昂する

Qa'　（名）動物の一種

Qeb　（名）指輪

QeD　（名）科学

QeDpIn　（名）科学主任

QeH　（名）怒り、憤り

QeH　（動）怒っている、腹を立てている

Qel　（名）医師、ドクター

Qey　（動）固く結んだ、締まった、しっかり固定された、タイトな

QeyHa'　（動）ゆるんだ、結んで・束ねて・包んでいない

QeyHa'moH　（動）ゆるめる、（紐・包みなどを）解く、ほぐす

QeymoH　（動）固く結ぶ・締める、固定する

Qe'　（名）食堂、レストラン

QIb　（名）影、陰影

QIch　（名）音声、発話

QID　（動）傷つける（武器などで）

QIghpej　（名）クリンゴンの拷問器

QIH　（動）損害・ダメージを与える、害する

QIH　（名）損害、被害、破損、ダメージ

QIj　（動）説明する

QIp　（動）馬鹿な、（人が）頭が悪い

QIt　（副）ゆっくり、のろのろと

QIv　（動）下位の、劣った、（地位・品質・能力などが）低い

QI'　（名）軍、軍事

Qob　（動）危険な、危ない

Qob　（名）危険、脅威

Qoch　（動）同意しない、（意見などに）反対する

Qochbe'　（動）同意する、（意見などに）賛成する

QoD　（動）巧みに操作する（エンジンを）

Qogh　（名）動物の一種（ペットになる）

Qoj　（動）戦争をする、開戦する（概念形）

Qom　（動）地震に遭う、地震に見舞われる

QonoS　（名）日誌、日記、ログ

Qong　（動）寝る、眠る

Qop　（動）（道具・機械などが）使い古した、古臭い

QopmoH　（動）使い古す

Qorgh　（動）世話をする、保育する

QoS　（動）気の毒に思っている、すまないと思っている

Qot　（動）横たわる、横になる

Qotlh　（動）使えなくする、～できなくする、無効化する

Qoy　（動）聞く、聞こえる

Qo'　（感）嫌だ、断る

Qub　（動）思う、～を考える

Quch　（名）額、おでこ

Quch　（動）幸せな、幸福な

QuchHa'　（動）不幸な、楽しくない

QuD　（名）叛乱、謀反

Qugh　（名）災害、天災

Quj　（名）ゲーム、競技、試合

Quj　（動）ゲーム・競技・試合をする

Qul　（動）研究する、調査する

Qum　（動）連絡する、通信する

QumpIn　（名）通信士官

QumwI'　（名）通信機、コミュニケーター

Qup　（動）若い

QuQ　（名）エンジン

QuS　（名）陰謀、謀略

QuS　（動）陰謀を企てる、謀（はかりごと）をする

Qut　（動）下品な、俗悪な、粗野な

Quv　（名）座標

Qu'　（名）任務、業務、仕事、タスク、ミッション

【r】

raD　（動）強制的に～させる、力ずくで～させる

ragh　（動）腐る、腐敗する

ral　（動）乱暴な、暴力的な

ram　（動）つまらない、下らない、取るに足らない

ram　（名）夜、夜間

ramjep　（名）深夜、真夜中

rap　（動）同じ、同様の

rar　（動）繋ぐ、結合する、接続する

raQ　（名）野営地、兵舎

raQpo'　（名）乗客、旅客

ratlh　（動）残る、留まる、～のままである

rav　（名）床、階、フロア

ray'　（名）標的、ターゲット（複数）

ra'　（動）命令する、指揮する

ra'wI'　（名）指揮官、司令官

reghuluS　（名）レグルス（星）

reghuluSngan
（名）レグルス人

reghuluS 'Iwghargh
（名）レギュラン赤虫

reH　（副）いつも、常に

reH　（動）遊ぶ、戯れる

rejmorgh （名）心配性の人
rep （名）時（時刻）、1時間
retlh （名）そば、隣、傍ら
rewbe' （名）国民、市民、民間人
rIgh （動）足の不自由な、歩行困難な
rIH （動）エネルギー・精力を与える、通電する
rIHwI' （名）通電装置、エネルギー供給装置
rIn （動）達成した、完成した、成し遂げられた
rIp （名）議会、評議会
rIQ （動）傷を負った、怪我をした
rIQmoH （動）傷つける、怪我をさせる
rIvSo' （名）大使館
rIymuS （名）レムス（惑星）
ro （名）胴体
roghvaH （名）人口、個体数
roj （動）和平を結ぶ、和解する
roj （名）平和、平穏
rojHom （名）停戦、休戦
rojmab （名）和平条約
rol （名）あごひげ
rom （名）調和、一致、協定
romuluS （名）ロミュラス（ロムルス、惑星）
romuluSngan （名）ロミュラン人
rop （動）病気の、気分が悪い
rop （名）病気
ropyaH （名）医療室、医務室
roQ （動）下に置く、下ろす
ror （動）太った、肥満体の
rotlh （動）丈夫な、頑丈な、屈強な、タフな
ro' （名）拳、握りこぶし
rugh （名）反物質
ruQ （動）手で制御する、操作する
rup （動）税を課す
rur （動）（…に）似ている

rut （副）時々、たまに
ruv （名）正義、公平
ru' （動）仮の、一時的な

【S】

Sab （動）悪化・劣化・低下する、衰える
Sach （動）広がる、（…が）拡大する
SaD （数）1000、n千
Sagh （動）真面目な、本気の、真剣な
SaH （動）いる、そこにある、出席している
SaH （動）気にする、（～を）心配する
Saj （名）ペット
Sal （動）登る、上がる
San （名）運命、宿命
SanID （数）1000、n千
Sang （動）消し去る、抹消する、全滅させる
Sap （動）志願する、進んで事に当たる
Saq （動）着陸する
Saqghom （名）上陸班、上陸部隊
SaQ （動）泣く
Sar （動）多様な、様々な、色々
Sar （名）多様（性）、変化（に富む事）
Satlh （名）農業
SaS （動）水平な、横方向の
Saw （動）結婚する（男が）
Say' （動）清潔な、きれいな、汚れていない
Sa' （名）将軍（階級）
Segh （名）種族、人種、民族、種類
SeH （動）制御する、操作する、コントロールする
SeHlaw （名）コントロールパネル、制御盤
Seng （動）問題・面倒事を起こす、迷惑をかける
Seng （名）困難、悩み、面倒事、トラブル
Sep （動）飼育する、繁殖させる
Sep （名）地方、地域、（地球の）国・州

Seq （名）地震断層
Ser （名）進捗、進行、経過
SermanyuQ（名）シャーマン惑星
SeS （名）蒸気、湯気、スチーム
Sev （名）包帯、バンデージ
Sev （動）牽制する、（敵を）阻止する
Sey （動）興奮している、ワクワクしている
SeymoH （動）興奮させる、（興味・感情などを）かき立てる
Se' （名）周波数（無線・通信の）
SIbDoH （名）衛星
SIch （動）（手・声などが、…に）届く
SID （名）患者、病人
SIgh （動）影響を与える、（人・行動などを）左右する
SIH （動）曲げる、折り曲げる
SIj （動）切り込みを入れる、切り開く
SIm （動）計算する、勘定する
SIp （名）気体、ガス
SIQ （動）耐える、我慢する（苦痛・不幸などを）
SIS （動）雨が降る
SIv （動）不思議に思う、（～に）驚く
Soch （数）7
SochDIch（数）第7の、7番目の
SoD （名）洪水、氾濫
SoD （動）洪水が起きる、氾濫する
SoH （代名）あなたは、君は、あなたを・に
Sol （動）喧嘩する、口論する
Som （名）船体
Somraw （名）筋肉
Son （動）（苦痛・悩みなどを）和らげる、楽にする
Sop （動）食べる、食事する
SoQ （名）演説、講演、スピーチ
SoQ （動）閉じた、閉まった
SoQmoH （動）閉じる、閉める
Sor （名）木、樹木

Sorgh　（動）破壊・妨害工作を行う
SoS　（名）母、母親
SoSnI'　（名）祖母
Sot　（動）遭難・難破した、窮地にある
Sotlaw'　（名）救難信号
Sov　（動）知る、知っている
Soy'　（動）不器用な、下手な
So'　（動）隠す
So' wI'　（名）遮蔽装置
Sub　（動）個体の、固形の
Such　（動）訪問する、訪れる
SuD　（動）青い、緑色の、黄色い
SuH　（感）いいか！、準備しろ！、用意！
Suj　（動）（人・仕事などを）邪魔をする、阻害する
Sun　（名）規律、統制、しつけ
Sung　（名）先住民、土地の人、土着の人
Sup　（動）跳ぶ、跳ねる、ジャンプする
Sup　（名）資源、物資、リソース（単数）
Suq　（動）手に入れる、得る、獲得する
SuQ　（動）有毒な、毒性の
Surchem　（名）フォースフィールド、力場
Surgh　（動）皮をはぐ（動物の）、（果物・野菜の）皮をむく
SuS　（名）風
Sut　（名）衣服、衣類
Sutlh　（動）交渉する、協議する
Suv　（動）戦う、戦闘する
Suy　（名）商人、業者
SuyDuj　（名）商船
Su'　（感）いいか！、準備しろ！、用意！

【t】

ta　（名）記録、レコード
tach　（名）バー、酒場
taD　（動）凍っている、冷凍の

taDmoH （動）凍らせる、冷凍する
taH （動）負の角度にある（船首・機首が水平より下を向いている）
taj （名）ナイフ、短剣、ダガー
tam （動）交換する、両替する
tam （動）静かな、沈黙した
tammoH （動）静まらせる、黙らせる
taQ （動）奇妙な、異常な、不気味な
taQbang （名）排気（またスラングで「排泄物」の意）
tar （名）毒、毒薬
taS （名）溶液、溶剤
tat （名）イオン
tay （動）文明化された、文化的な
taymoH （動）文明化する、教化する
tayqeq （名）文明
tay' （動）一緒にいる、共にある、合わさる
ta' （動）達成する、（仕事や目標を）成し遂げる
ta' （名）達成、成就、功績
ta' （名）皇帝
teb （動）満ちる、いっぱいになる
teblaw' （名）司法権、裁判権
teH （動）真実の、本当の、本物の
tej （名）科学者、学者
tel （名）翼、羽
telun Hovtay'（名）テラン星系（トロイアスのある星系）
tem （動）否定する、拒否・拒絶する
ten （動）乗り込む（船・飛行機などに）
tengchaH （名）宇宙ステーション
tep （名）貨物、積み荷
tepqengwI'（名）貨物運搬装置、運送機
teq （動）取り外す、取り除く
tera' （名）地球
tera'ngan （名）地球人
tet （動）溶ける、溶解する

tev	（名）賞、賞品・賞金、褒美
tey'	（動）打ち明ける（信用・信頼して）
tI	（名）植物、草木
tIch	（動）侮辱する、馬鹿にする
tIgh	（名）風習、慣習、習慣
tIH	（名）光線、熱線、槍の柄
tIj	（動）乗る（列車・バス・飛行機・船などに）、乗り込む
tIn	（動）大きい
tIq	（動）長い（物の長さ・距離が）
tIQ	（動）古代の、昔の
tIr	（名）穀物
tIS	（動）軽い、軽量の
tIv	（動）楽しむ、（…を）喜ぶ
tI'	（動）修理する
tob	（動）証明する
toch	（名）手のひら、掌
toD	（動）救う、救助・救出する
togh	（動）数える、カウントする
toH	（感）なるほど！、そうか！
toj	（動）だます（人を）、あざむく
tongDuj	（名）貨物船、輸送機
topIIn	（名）トパリン（貴重な鉱物）
toq	（動）人がいる、居住している、住民がいる
tor	（動）ひざまずく、膝をつく
toS	（動）よじ登る、登攀する
toy'	（動）仕える、奉仕する
toy' wI'	（名）召使い、使用人
to'	（名）戦術、兵法
tuch	（動）（…を、～する事を）禁止する、許さない
tugh	（副）間もなく、もうすぐ
tuH	（名）作戦行動、策略、マニューバー
tuH	（動）恥じている、恥ずかしい
tuHmoH	（動）恥じさせる、面目をつぶす
tuj	（動）熱い、暑い

tuj （名）熱、熱さ、暑さ
tul （動）望む、希望する
tum （名）政府機関、…庁、…局
tun （動）柔らかい、軟らかい、軟質の
tung （動）やる気・意欲を削ぐ、落胆させる
tungHa' （動）勇気づける、励ます
tup （名）分（時間の単位）
tuQ （動）着ている（衣服を）、身に付けている
tuQDoq （名）心理探知機
tuQHa'moH （動）取る（衣服を）、脱ぐ
tuQmoH （動）着る（衣服を）、身に付ける
tut （名）柱、柱状の物
tuv （動）我慢強い、忍耐・辛抱強い
tu' （動）見つける、発見する、気が付く

【tlh】
tlhab （動）自由な、束縛されていない、独立した
tlhab （名）自由、自主、独立
tlhap （動）取る、つかむ、持って行く、連れて行く
tlhaq （名）クロノメーター、時計
tlhaQ （動）おかしい、面白い、滑稽な
tlha' （動）追う、追跡する
tlheD （動）旅立つ、出発する（目的を持って）
tlhegh （名）線、紐、ロープ
tlhej （動）付いて行く、同行する
tlhetlh （動）前進する（物事が）、進歩・進行する
tlhe' （動）回る、向きを変える
tlhIb （動）無能な、不適任な
tlhIch （名）煙、スモーク
tlhIH （代名）あなたたちは、君たちは、あなたたちを・に
tlhIl （動）採掘する
tlhIl （名）鉱物、鉱石、ミネラル
tlhIlwI' （名）鉱員、坑員
tlhIngan （名）クリンゴン（人）

tlhIngan wo'（名） クリンゴン帝国
tlhIv （動） 従順でない、反抗的な
tlhob （動） 頼む、依頼・要求する
tlhoch （動） 否認・否定する、（…と）矛盾する
tlhogh （名） 結婚
tlhoj （動） 悟る、～に気付く、実感する
tlhol （動） 生の、未加工な（食べ物が）
tlhon （名） 鼻孔、鼻の穴
tlhong （動） 取引する（売買の）、交渉する
tlhoQ （名） 凝塊、集塊
tlhov （動） ゼイゼイ息を切らす
tlhuch （動） 使い果たす、排気・排出する
tlhuH （名） 息、呼吸
tlhuH （動） 息をする、呼吸する
tlhup （動） ささやく、ひそひそ話をする
tlhutlh （動） 飲む
tlhu' （動） 誘惑された、惑わされた、～したくなって
tlhu'moH （動） 誘惑する、惑わす、そそる

【v】

vagh （数） 5
vaghDIch （数） 第5の、5番目の
vaH （名） ホルスター、鞘、ナイフケース
vaj （副） ならば、従って、だから、それ故に、その結果
val （動） 頭が良い、賢い、利口な、知的な
van （動） 敬礼する、敬意を表する
vang （動） 行動する、行動を起こす
vaQ （動） 攻撃的な、活動的な、積極的な
vatlh （数） 100、n百
vatlhvI' （名） パーセント
vav （名） 父、父親
vavnI' （名） 祖父
vay' （名） 誰か、何か、誰でも、何でも
veH （名） 境界（線）

vem （動）起きる、目覚める
vemmoH （動）起こす、目覚めさせる
veng （名）都市、市街
vengHom （名）村、村落
veQ （名）ごみ、生ごみ、残飯、廃物
veQDuj （名）ごみ運搬船
vergh （名）ドック、港、波止場
vergh （動）ドッキングする、ドックに入れる、駐車する
veS （名）戦争（概念形、イメージとしての）
vetlh （名）ゴキブリ
vIj （名）スラスター、推進器（単数）
vIng （動）すすり泣く、（犬が）クーンと鳴く
vIt （動）本当の事を言う、真実を話す
vI' （動）溜まる、積もる、蓄積する
voDleH （名）皇帝
vogh （名）どこか、どこかへ・に
voHDajvo' （名）身代金
volchaH （名）肩
vong （動）催眠術をかける（…に）、…を洗脳する
voq （動）信じる（人を）、信用・信頼・信仰する
voqHa' （動）信用しない、疑う、怪しむ
voQ （動）息が詰まる、窒息する
vor （動）治す、治療する、癒す
vo' （動）押し出す、推進させる
vub （名）人質
vuD （名）意見、考え
vul （動）意識不明の、気絶した
vulqan （名）ヴァルカン（惑星）
vulqangan （名）ヴァルカン人
vum （動）働く、仕事をする、労働する
vup （動）哀れむ、同情する
vuQ （動）（人を）魅了する、心を捉える
vuS （動）限定する、制限する
vut （動）料理する、調理する

vutpa' （名）調理室、厨房
vuv （動）尊敬する、敬う
vu' （動）経営する、管理・運営する
vu' wI' （名）経営者、部長、局長、マネージャー

【w】
wam （動）狩る、狩猟する
wanI' （名）出来事、事件、現象、効果
waq （名）靴
waQ （動）妨害する、（道などを）ふさぐ、遮る
watlh （動）純粋な、澄んだ、純血の、潔白な
wav （動）分ける、分割する
waw' （名）基地、施設
wa' （数）1
wa' DIch （数）第１の、１番目の、初めの
wa' Hu' （名）昨日
wa' leS （名）明日
wa' logh （副）一度、一回～する
wa' maH （数）10
wa'maHDIch （数）第10の、10番目の
web （動）面目をつぶされた、恥をかく、屈辱を受けた
wegh （動）制限・限定する（～をある範囲内に）、閉じ込める
weH （動）急襲する（…を）、奇襲する
wej （副）まだ～していない、まだである
wej （数）3
wejDIch （数）第３の、３番目の
wejpuH （感）魅力的だ（皮肉でのみ使われる）
wem （動）（法などを）犯す、破る、違反する
wem （名）違反、侵犯
wep （名）ジャケット、コート
wew （動）白熱する、発光する
wIb （動）酸っぱい、苦い
wIch （名）神話
wIgh （名）天才

wIH　（動）無慈悲な、無情な、冷酷な
wIj　（動）耕作する、農業をする
wIv　（名）選択
wIv　（動）選ぶ、選択する
wIy　（名）戦術ディスプレイ
woD　（動）捨てる、投げ捨てる
woH　（動）拾い上げる、拾う
woQ　（名）政権、権力
woS　（名）あご、下顎
wot　（名）動詞
wov　（動）輝いている、明るい
wo'　（名）帝国
wuq　（動）決める、決定する、決心する
wuQ　（動）頭痛がする
wuS　（名）唇（くちびる）、リップ
wutlh　（名）地下
wuv　（動）依拠する、…による、…次第で

【y】
ya　（名）戦術士官
yab　（名）精神、知能、心
yach　（動）（…を）なでる
yaD　（名）爪先（つまさき）
yaH　（名）持ち場、部署、コンソールステーション
yaj　（動）分かる（…を）、理解する
yajHa'　（動）誤解する（…を）、解釈を誤る
yap　（動）十分な、足りる
yaS　（名）士官、将校
yav　（名）地面、地表、土地
yay　（名）勝利、勝ち
yay'　（動）ショックを受けた、呆れかえった、唖然とした
yej　（名）議会、評議会
yem　（動）罪を犯す
yep　（動）注意深い、慎重な、気を付けている

yepHa'　（動）不注意な、軽率な、うかつな
yeq　（動）協力する、力を合わせる
yev　（動）休止する、一時停止する
yIb　（名）穴、ベント、通気口
yIH　（名）トリブル
yIn　（名）命、生命、人生
yIn　（動）生きる、生活する
yInroH　（名）生命反応、生物存在のしるし
yIntagh　（名）生命維持装置
yIQ　（動）濡れた、湿った、乾いていない
yIt　（動）歩く
yIv　（動）噛む、咀嚼する
yIvbeH　（名）チュニック、シャツ
yob　（動）収穫する
yoD　（名）盾、シールド（※宇宙船のシールドは botjan）
yoD　（動）守る、保護する、かばう
yoH　（動）勇敢な、勇ましい
yoj　（名）判決、判断、審査
yol　（名）争い、闘争、対立、衝突
yon　（動）満足した
yonmoH　（動）満足させる
yong　（車などに）乗る、入る、入学・入会する
yopwaH　（名）パンツ（ズボン）
yoq　（名）ヒューマノイド、人間型生物
yoS　（名）地区、地域、地方、エリア
yot　（動）侵略する、侵入する
yot　（名）侵略、侵入
yotlh　（名）野、野原
yov　（動）突撃する、突進する
yoy　（動）上下逆さまの、ひっくり返った
yo'　（名）艦隊
yuch　（名）チョコレート
yuD　（動）不誠実な、不正直な
yuDHa'　（動）誠実な、正直な

yupma'	（名）祭り、祝祭、フェスティバル
yuQ	（名）惑星
yuQHom	（名）小型惑星
yuQjIjQa'	（名）惑星連邦
yuQjIjDIvI'	（名）惑星連邦
yuv	（動）押す、押し進む
yu'	（動）質問する、訊く
yu'egh	（名）波、波動

【'】

'a	（接続）しかし、だが、それでも、それにもかかわらず
'ach	（接続）しかし、だが、それでも、それにもかかわらず
'aD	（名）血管
'ang	（動）見せる、明かす、公開する
'ar	（疑問）いくつ？、どれくらい？
'argh	（動）悪化する、改悪する
'av	（動）護衛する、見張る、監視する
'avwI'	（名）護衛、見張り、歩哨、番人
'aw'	（動）（針・棘などが）刺す、チクチク・ヒリヒリする
'ay'	（名）部分、部品、一部、一片、パート、セクション
'eb	（名）機会、チャンス
'eH	（感）準備しろ！、用意！
'ej	（接続）そして、～して～、また～（文接続）
'ejDo'	（名）宇宙船、連邦船
'ejyo'	（名）宇宙艦隊
'ejyo'waw'	（名）宇宙基地
'el	（動）（中に）入る、立ち入る
'elaS	（名）エラス（惑星）
'eng	（名）雲
'er	（名）動物の一種（ペットになる）
'et	（名）前部、前面、船首（部）
'etlh	（名）剣、刀
'e'	（代名）事を、（前の文を指して）～を
'IH	（動）美しい、きれいな、格好いい、ハンサムな

‘Ij　（動）聴く、傾聴する
‘Il　（動）言行一致の、正直な、誠実な
‘Ip　（名）誓い、誓約
‘Ip　（動）誓う
‘IQ　（動）悲しい、哀れな
‘ISjaH　（名）暦、カレンダー
‘It　（動）意気消沈した、憂鬱な
‘Itlh　（動）進歩した、高度に発展した
‘Iv　（名）高度、標高
‘Iv　（疑問）誰、誰が・に・を
‘Iw　（名）血、血液
‘och　（名）トンネル、地下道、コンジット
‘ogh　（動）発明する、考案する
‘oH　（代名）それは、それを・に
‘oj　（動）のどが渇いている
‘ol　（動）実証する、立証する
‘ong　（動）ずるい、陰険な
‘orghen　（名）オルガニア（惑星）
‘orghen rojmab
（名）オルガニア平和条約
‘orghengan（名）オルガニア人
‘oS　（動）（…を）代表する、表す、象徴する
‘oSwI’　（名）使者、代表
‘ov　（動）競う、競争する
‘oy’　（動）痛い、傷ついた
‘oy’　（名）痛み
‘o’　（名）後部、後面、船尾（部）
‘ugh　（動）重い
‘uH　（動）二日酔いの、宿酔の
‘um　（動）資格のある、適任の、適格の
‘uQ　（名）夕食、ディナー
‘urmang　（名）反逆、背信
‘uS　（名）脚、脚部
‘ut　（動）必要な、必須な、肝心な

'utlh　（名）退役した士官、将校
'uy　（動）下に押す、クリックする
'uy'　（数）100 万、n 百万
'u'　（名）宇宙、全世界（universe）

日本語ークリンゴン語

【あ】

間、…の間	(名)	joj
相手（対戦・競争の)、敵対者・国	(名)	ghol
会う、見る、目に入る	(動)	legh
青い、緑色の、黄色い	(動)	SuD
赤い、オレンジ色の	(動)	Doq
明かす、公開する、見せる	(動)	'ang
赤ん坊、乳児	(名)	ghu
あきらめる、降伏する	(動)	jegh
悪意のある、意地の悪い	(動)	naS
悪臭を放つ	(動)	He'So'
アクセスする、接近する	(動)	naw'
あくびをする	(動)	Hob
開ける、開く	(動)	poSmoH
あご、下顎	(名)	woS
亜光速	(名)	gho'Do
あごひげ	(名)	rol
朝	(名)	po
あさって	(名)	cha'leS
あさる（ゴミを)、(街路などを）掃除する	(動)	qor
足（くるぶしから先の部分)	(名)	qam
脚、脚部	(名)	'uS
明日	(名)	wa'leS

足の不自由な、歩行困難な　（動） rIgh
遊ぶ、戯れる　（動） reH
与える、贈る、あげる　（動） nob
頭、頭部　（名） nach
頭が良い、賢い、利口な、知的な　（動） val
新しい　（動） chu'
熱い、暑い　（動） tuj
悪化する、改悪する　（動） 'argh
熱さ、暑さ、熱　（名） tuj
悪化・劣化・低下する、衰える　（動） Sab
集まる、集合する、待ち合わせる　（動） ghom
集める、コレクションする　（動） boS
アドバイス、助言、忠告　（名） qeS
アドバイスする、助言する　（動） qeS
あなた、お客様、だんな様、閣下、サー　（名） qaH
あなたたちは、君たちは、あなたたちを・に　（代名） tlhIH
あなたは、君は、あなたを・に　（代名） SoH
余りの、残りの　（動） chuv
雨が降る　（動） SIS
怪しい、奇妙な　（動） jum
誤り、間違い、ミス、エラー　（名） Qagh
誤る、間違う、失敗する、ミスする　（動） Qagh
荒い、ザラザラした、粗雑な　（動） ghegh
嵐が起こる、天気が荒れる　（動） jev
争い、闘争、対立、衝突　（名） yol
現れる、登場する　（動） nargh
歩く　（動） yIt
あわてる、パニックになる　（動） lIm
安全、治安、セキュリティ　（名） Hung

【い】

胃、（体内の）腹　（名） burgh
いいえ（質問への答え）　（感） ghobe'
いいか！、準備しろ！、用意！　（感） SuH、Su'

言う、話す、伝える（人に）	（動）ja'
家（建築物）	（名）juH
イオン	（名）tat
怒っている、腹を立てている	（動）QeH
怒り、憤り	（名）QeH
息、呼吸	（名）tlhuH
意気消沈した、憂鬱な	（動）'It
生きる、生活する	（動）yIn
息をする、呼吸する	（動）tlhuH
異議をとなえる、反対する	（動）ghoH
行く	（動）jaH
行く、来る、向かう、進む、（コースを）たどる	（動）ghoS
いくつ？、どれくらい？	（疑問）'ar
意見、考え	（名）vuD
威厳、尊厳、品位	（名）nur
行こう、来い、さあ	（感）Ha'
医師、ドクター	（名）Qel
石、岩、セラミック	（名）nagh
意識不明の、気絶した	（動）vul
維持する、整備・メンテナンスする	（動）leH
椅子、座席	（名）quS
異星人、外国人	（名）nov
異星の、外国の	（動）nov
急いで、速く、すばやく	（副）nom
急ぐ、急いで行う	（動）moD
痛い、傷ついた	（動）'oy'
痛み	（名）'oy'
1	（数）wa'
一度、一回～する	（副）wa'logh
1番目の、第1の	（数）wa'DIch
一部、一片、部分、部品、パート、セクション	（名）'ay'
いつ？	（疑問）ghorgh
一緒にいる、共にある、合わさる	（動）tay'
いつも、常に	（副）reH

移転する、転任・転勤・転校する　（動）Qay

愛しい人　（名）bang

意図的に、故意に、わざと　（副）chIch

命、生命　（名）yIn

違反、侵犯　（名）wem

違反する、破る、犯す（法などを）　（動）wem

衣服、衣類　（名）Sut

違法な、非合法な　（動）Hat

今、今すぐ　（副）DaH

嫌だ、断る　（感）Qo'

イライラしている、短気な　（動）boH

医療室、医務室　（名）ropyaH

いる、そこにある、出席している　（動）SaH

祝う（人を）、おめでとうを言う　（動）Hoy'

祝う（記念日や出来事を）　（動）lop

印象的な、素晴らしい、見事な　（動）Doj

陰謀、謀略　（名）QuS

陰謀を企てる、謀（はかりごと）をする　（動）QuS

【う】

ヴァルカン（惑星）　（名）vulqan

ヴァルカン人　（名）vulqangan

上、上方向　（名）Dung

植える、（種を）蒔く　（動）poch

うがいする　（動）ghagh

受け入れる、引き受ける　（動）laj

受け取り、受諾、承諾　（名）laj

受け取る　（動）Hev

薄い、細い　（動）lang

嘘をつく　（動）nep

疑い深い　（動）pIH

疑う、～ではないと思う　（動）Hon

疑う、…を疑わしく思う　（動）nub

打ち明ける（信用・信頼して）　（動）tey'

宇宙、空間 (space)	（名）	logh
宇宙、全世界 (universe)	（名）	'u'
宇宙艦隊	（名）	'ejyo'
宇宙基地	（名）	'ejyo'waw'
宇宙ステーション	（名）	tengchaH
宇宙船、連邦船	（名）	'ejDo'
撃つ、発射する（銃などを）	（動）	bach
打つ（手・拳・道具で）、叩く	（動）	qIp
打つ、殴る、衝撃を与える	（動）	mup
美しい、きれいな、格好いい、ハンサムな	（動）	'IH
映す、表示する	（動）	Hotlh
映す、表示させる、見せる	（動）	cha'
腕	（名）	DeS
生まれる	（動）	bogh
海	（名）	bIQ'a'
埋める、埋葬する	（動）	mol
裏切者、反逆者	（名）	maghwI'
裏切る、背く	（動）	magh
うるさい、やかましい	（動）	chuS
うわさ、風聞	（名）	joS
うわさ話をする	（動）	joS
上の空の、ぼんやりしている	（動）	jeH
うんざりしている、飽き飽きしている	（動）	puQ
運命、宿命	（名）	San

【え】

エアロック、気閘	（名）	HIchDal
映画、番組、ショー、贈呈、提示、上演	（名）	much
影響を与える、（人・行動などを）左右する	（動）	SIgh
衛星	（名）	SIbDoH
映像ディスプレイ（表示モードのひとつ）	（名）	HaSta
映像スクリーン（映像機器）	（名）	jIH
餌をやる（動物に）	（動）	je'
エネルギー、パワー、力（ちから）	（名）	HoS

エネルギー供給装置、通電装置　（名）rIHwI'
エネルギー生命体　（名）HoSDo'
エネルギーフィールド　（名）HoSchem
エネルギー・精力を与える、通電する　（動）rIH
エラス（惑星）　（名）'elaS
選ぶ、選択する　（動）wIv
襟、カラー　（名）mongDech
円　（名）gho
延期する、後回しにする　（動）lum
エンジニア、技術者　（名）jonwI'
エンジン　（名）jonta'、QuQ
遠征、探検　（名）Hoq
演説、講演、スピーチ　（名）SoQ

【お】
老いた、年をとった　（動）qan
追いつく、追い抜く　（動）juS
追う、追跡する　（動）tlha'
多い、たくさんの　（動）law'
大きい　（動）tIn
大げさに言う、誇張する　（動）lach
丘、山　（名）HuD
おかしい、面白い、滑稽な　（動）tlhaQ
起きる、立ち上がる　（動）Hu'
起きる、目覚める　（動）vem
置く、設置する　（動）lan
臆病者、腰抜け　（名）nuch
遅らせる、先延ばしにする　（動）mIm
贈り物、プレゼント　（名）nob
起こす、目覚めさせる　（動）vemmoH
怒りっぽい、意地悪な　（動）qej
起こる、発生する　（動）qaS
教える、指導する　（動）ghojmoH
押す、押し進む　（動）yuv

穏やかな、落ち着いた	（動）jot
落ちる	（動）chagh
夫、男性配偶者	（名）loDnal
男、男性	（名）loD
脅す、脅迫する	（動）buQ
おととい	（名）cha'Hu'
驚かす	（動）mer
同じ、同様の	（動）rap
重い	（動）'ugh
思い出させる、気付かせる	（動）qawmoH
思い出す、覚えている	（動）qaw
思う、考える	（動）Qub
面白くない、つまらない	（動）qetlh
オルガニア（惑星）	（名）'orghen
オルガニア人	（名）'orghengan
オルガニア平和条約	（名）'orghen rojmab
下ろす、下に置く	（動）roQ
降ろす（物を、高い所から）	（動）jotlh
終わった！、済んだ！、やった！	（感）pItlh
音声、発話	（名）QIch
温度	（名）Hat
女、女性	（名）be'

【か】

か、と、どちらかまたは両方（名詞接続）	（接続）joq
か、と、どちらかまたは両方（文接続）	（接続）qoj
か、または（どちらか一方）（文接続）	（接続）pagh
ガーグ（生物としての）	（名）ghargh
階、フロア、床	（名）rav
会議、会合、集会	（名）qep
外交	（名）ghar
外交官	（名）gharwI'
外交を行う	（動）ghar
解散する、散り散りになる	（動）ghomHa'

改善する、改良する	（動）	Dub
回転する、スピンする（継続的）	（動）	DIng
下位の、劣った、(地位・品質・能力などが) 低い	（動）	QIv
買う、購入する	（動）	je'
ガウン、ドレス	（名）	paH
帰る、戻る	（動）	chegh
顔、顔面	（名）	qab
科学	（名）	QeD
科学者、学者	（名）	tej
科学主任	（名）	QeDpIn
かがむ	（動）	joD
輝いている、明るい	（動）	wov
かき集める、寄せ集める	（動）	llq
書く、筆記する、彫る、刻みつける	（動）	ghItlh
確実性	（名）	DIch
学習する、研究する	（動）	HaD
隠す	（動）	So'
獲得する、手に入れる、得る	（動）	Suq
革命・反乱を起こす	（動）	Daw'
革命、大変革	（名）	Daw'
影、陰影	（名）	QIb
崖、絶壁	（名）	qoj
囲む、包囲する	（動）	Dech
舵（船）	（名）	Degh
下士官	（名）	ne'
貸す	（動）	noj
かす、残りかす、くず	（名）	pugh
数、数字、番号	（名）	mI'
風	（名）	SuS
数える、カウントする	（動）	togh
家族、一家	（名）	qorDu'
加速する	（動）	chung
肩、ショルダー	（名）	volchaH
堅い、硬い	（動）	let

固く結ぶ・締める、固定する (動) QeymoH
固く結んだ、締まった、固定された、タイトな (動) Qey
形を成す (動) chen
カタログ、目録 (名) mem
価値のない、無用の (動) lo'laHbe'
勝つ、成功する、機能する (動) Qap
学校 (名) DuSaQ
格好いい、ハンサムな、美しい、きれいな (動) 'IH
悲しい、哀れな (動) 'IQ
金(かね)、金銭 (名) Huch
可能性、選択肢 (名) DuH
可能な、あり得る (動) DuH
我慢強い、忍耐・辛抱強い (動) tuv
髪、頭髪 (名) jIb
紙 (名) nav
噛む、噛みつく (動) chop
噛む、咀嚼する (動) yIv
貨物、積み荷 (名) tep
貨物運搬装置、運送機 (名) tepqengwI'
貨物船、輸送機 (名) tongDuj
身体、肉体、ボディ (名) porgh
空(から)の、空いた、無人の (動) chIm
仮の、一時的な (動) ru'
狩る、狩猟する (動) wam
軽い、軽量の (動) tIS
彼／彼女は、彼／彼女を・に (代名) ghaH
彼らは／彼女らは、彼らを／彼女らを (代名) chaH
川 (名) bIQtIq
皮、皮膚 (名) DIr
側(がわ)、面、側面、そば (名) Dop
変わる、変更・変換する (動) choH
皮をはぐ(動物の)、(果物・野菜の)皮をむく (動) Surgh
考え、アイデア、発想 (名) qech
艦橋、ブリッジ (橋の意味はない) (名) meH

監獄、牢屋	（名） bIghHa'
頑固な、強情な	（動） mul
患者、病人	（名） SID
頑丈な、丈夫な、屈強な、タフな	（動） rotlh
感情を損なう（人を）、傷つける	（動） maw
乾燥した、乾いた	（動） QaD
艦隊	（名） yo'
完璧な、厳密・精密な	（動） pup
管理、運営	（名） loH
管理する、運営する	（動） loH

【き】

木、樹木	（名） Sor
キヴァ（宝石の一種）	（名） qevaS
機械、機械類	（名） jo'
機械［類］	（名） mIqta'
機会、チャンス	（名） 'eb
議会、評議会	（名） rIp、yej
気が狂った、正気ではない	（動） maw'
聞く、聞こえる	（動） Qoy
聴く、傾聴する	（動） 'Ij
起源、発端、原因	（名） mung
危険、脅威	（名） Qob
危険な、危ない	（動） Qob
奇襲する、急襲する	（動） weH
技術者	（名） chamwI'
技術者、エンジニア	（名） jonwI'
記述する、描写する	（動） Del
傷つける（武器などで）	（動） QID
傷つける、怪我をさせる	（動） rIQmoH
傷を負った、怪我をした	（動） rIQ
着る（衣服を）、身に付ける	（動） tuQmoH
競う、競争する	（動） 'ov
気体、ガス	（名） SIp

期待する、(予想して) 待つ	(動) pIH
基地、施設	(名) waw'
着ている (衣服を)、身に付けている	(動) tuQ
軌道に乗る	(動) bav
気にする、(～を) 心配する	(動) SaH
昨日	(名) wa'Hu'
気の毒に思って、すまないと思って	(動) QoS
寄付・寄贈する	(動) ghaq
奇妙な、怪しい	(動) jum
奇妙な、異常な、不気味な	(動) taQ
決める、決定する、決心する	(動) wuq
客、賓客、ゲスト	(名) meb
キャンセルする、取り消す、取りやめる	(動) qIl
9	(数) Hut
9番目の、第9の	(数) HutDIch
球、球体	(名) moQ
休暇を取る	(動) ghIQ
休止する、一時停止する	(動) yev
給仕する、食事を出す	(動) jab
救難信号	(名) Sotlaw'
急に、突然に	(副) pay'
境界線	(名) veH
凝塊、集塊	(名) tlhoQ
教訓、教え	(名) paQDI'norgh
強制的に～させる、力ずくで～させる	(動) raD
兄弟 (の一人)	(名) loDnI'
興味深い、面白い	(動) Daj
協力する、力を合わせる	(動) yeq
協力的な、協調の、共同の	(動) jIj
許可する、許す	(動) chaw'
許可する (入る事を)、～を認める	(動) chID
魚雷 (単数)	(名) peng
魚雷 (複数)	(名) cha
魚雷発射管 (単数)	(名) DuS

魚雷発射管（複数)、やり投げ器	（名）chetvl'
距離、範囲	（名）chuq
嫌う、…が嫌いである	（動）par
切り込みを入れる、切り開く	（動）Slj
規律、統制、しつけ	（名）Sun
切り取られた、刈られた、短縮された	（動）poD
切る、切断する	（動）pe'
切る、刈る（髪を)、トリミングする	（動）chlp
亀裂、裂け目、ひび	（名）Qargh
記録、レコード	（名）ta
記録する、録音・録画する、作曲する	（動）qon
銀河	（名）qlb
銀河辺縁	（名）qlbHeS
緊急事態	（名）chach
緊急の、切迫した	（動）pav
禁止する（…を、～する事を)、許さない	（動）tuch
金属	（名）baS
筋肉	（名）Somraw

【く】

クアドロトリティケール	（名）loSpev
区域、地帯、セクター	（名）mlch
空間、宇宙、スペース	（名）logh
偶然に、たまたま	（副）bong
腐った	（動）non
鎖、連続	（名）mlr
腐る、腐敗する	（動）ragh
くすぐる	（動）qotlh
薬、薬品	（名）Hergh
崩れる、つぶれる	（動）Dej
くだる、下りる	（動）ghlr
口（顔の)	（名）nuj
口ひげ	（名）loch
唇	（名）wuS

靴	（名）	waq
苦痛、苦悩	（名）	bep
靴下、ソックス（複数）	（名）	paSlogh
国・州（地球の）、地方、地域	（名）	Sep
首	（名）	mong
雲	（名）	'eng
暗い、暗黒の	（動）	Hurgh
グラス、カップ、杯、タンブラー	（名）	HIvje'
クリンゴン	（名）	tlhIngan
クリンゴン帝国	（名）	tlhIngan wo'
クリンゴンの拷問器	（名）	QIghpej
クリンゴンの書記体系、ピカド	（名）	pIqaD
来る、行く、向かう、進む、（コースを）たどる	（動）	ghoS
クルー、船員	（名）	beq
グループ、パーティ、集団、群れ	（名）	ghom
苦しむ、耐える、受ける	（動）	bech
クレジット（通貨単位）	（名）	DeQ
黒い	（動）	qIj
クロノメーター、時計	（名）	tlhaq
軍、軍事	（名）	QI'
群衆、人混み	（名）	ghom'a'
軍曹	（名）	bu'
軍隊	（名）	mangghom
軍法会議にかける	（動）	ghIpDIj
訓練、演習	（名）	qeq

【け】

経営者、部長、局長、マネージャー	（名）	vu'wI'
経営する、管理・運営する	（動）	vu'
警戒する、対策する	（動）	ghuH
計画、事業、プロジェクト	（名）	jInmol
計画・企画する	（動）	nab
計算する、勘定する	（動）	SIm
軽率な、不注意な、うかつな	（動）	yepHa'

警報、警戒警報、アラート （名） ghuH
警報を出す、警戒態勢をとらせる （動） ghuHmoH
警報、警報器、アラーム （名） ghum
警報器・アラームを鳴らす （動） ghum
敬礼する、敬意を表する （動） van
ゲーム、競技、試合 （名） Quj
ゲーム・競技・試合をする （動） Quj
激怒・激昂する （動） Qay'
消し去る、抹消する、全滅させる （動） Sang
気高さ、高潔さ （動） chuQun
血管 （名） 'aD
月光、月明かり （名） maSwov
結婚 （名） tlhogh
結婚する（女性が） （動） nay
結婚する（男性が） （動） Saw
決して、全く～ない、一度も～した事がない （副） not
結晶、クリスタル （名） qut
欠席している、不在の （動） Dach
欠点、欠陥、弱点 （名） Duy'
欠点・欠陥のある、不完全な （動） Duy'
決闘する、対決する （動） Hay'
潔白な、無罪の （動） chun
下品な、俗悪な、粗野な （動） Qut
煙、スモーク （名） tlhIch
ケリカム（距離の単位、約 2km） （名） qell'qam
蹴る、キックする （動） pup
剣、刀 （名） 'etlh
喧嘩する、口論する （動） Sol
研究する、調査する （動） QuI
言語、言葉、○○語 （名） Hol
原稿、手稿 （名） ghItlh
言行一致の、正直な、誠実な （動） 'Il
健康な （動） pIv
原始の、太古の （動） lutlh

減少する、低下する、衰える（動）nup
牽制する、（敵を）阻止する（動）Sev
限定する、制限する（動）vuS
権利、特権（名）DIb
元老院（名）quprIp

【こ】

5（数）vagh
5番目の、第5の（数）vaghDIch
語彙、ボキャブラリー（名）mu'tay'
幸運な、ラッキーな（動）Do'
幸運にも、運よく（副）Do'
航海士、ナビゲーター（名）chIjwI'
後悔する、残念に思う、惜しむ（動）pay
高価な、貴重な（動）lo'laH
交換する、取引する（動）mech
交換する、両替する（動）tam
攻撃する（動）HIv
攻撃的な、活動的な、積極的な（動）vaQ
航行する、操舵する（動）chIj
耕作する、農業をする（動）wIj
工場、製造所（名）laSvargh
交渉する、協議する（動）Sutlh
洪水、氾濫（名）SoD
洪水が起きる、氾濫する（動）SoD
光線、熱線、槍の柄（名）tIH
後退する、…から遠ざかる（動）DoH
強奪する、強盗する（動）Hej
皇帝（名）ta'、voDleH
高度、標高（名）'Iv
行動する、行動を起こす（動）vang
鉱夫、坑夫（名）tlhIlwI'
鉱物、鉱石、ミネラル（名）tlhIl
興奮させる、（興味・感情などを）かき立てる（動）SeymoH

興奮している、ワクワクしている　（動）Sey
公平な、公正な　（動）may
合法な、正当な、法律上の　（動）mub
拷問にかける　（動）joy'
声　（名）ghogh
護衛、見張り、歩哨、番人　（名）'avwI'
護衛する、見張る、監視する　（動）'av
護衛する、エスコートする　（動）Dor
コース、ルート、針路、経路　（名）He
凍っている、冷凍の　（動）taD
凍らせる、冷凍する　（動）taDmoH
氷　（名）chuch
誤解する（…を）、解釈を誤る　（動）yajHa'
小型武器、小火器　（名）nuHHom
ゴキブリ　（名）vetlh
告白する　（動）DIS
告発、告訴　（名）pum
告発・告訴する、訴える　（動）pum
国民、市民、民間人　（名）rewbe'
穀物　（名）tIr
ここ、この辺　（名）naDev
午後　（名）pov
小言・文句を言う　（動）boj
こころ、精神、知能　（名）yab
個体の、固形の　（動）Sub
古代の、昔の　（動）tIQ
答える、返事をする　（動）jang
伍長　（名）Da'
子供、児童　（名）puq
事を、（前の文を指して）～を　（代名）net、'e'
好む（…の方を、複数の内ひとつを）、選ぶ　（動）maS
好む、…が好きである　（動）parHa'
拳（こぶし）、握りこぶし　（名）ro'
困らせる、悩ませる、苛立たせる　（動）nuQ

ごみ、生ごみ、残飯、廃物 （名） veQ
ごみ運搬船 （名） veQDuj
暦、カレンダー （名） 'ISjaH
孤立した、単独の （動） mob
殺す （動） HoH
コロニー、植民地 （名） mID
怖がる、恐れる （動） ghIj
壊す、割る、折る （動） ghor
懇願・嘆願する、請い願う （動） qoy'
コンソールステーション、持ち場、部署 （名） yaH
コントロールパネル、制御盤 （名） SeHlaw
困難、悩み、面倒事、トラブル （名） Seng
コンピュータ、電子頭脳 （名） De'wI'
混乱、困惑 （名） mIS
混乱・困惑させる、戸惑わせる （動） mISmoH
混乱した （動） mIS

【さ】
さあ、行こう、来い （感） Ha'
サー、あなた、だんな様、閣下 （名） qaH
災害、天災 （名） Qugh
採掘する （動） tlhIl
最後の、ラストの （動） Qav
裁判所、法廷 （名） bo'DIj
催眠術をかける（…に）、…を洗脳する （動） vong
探す、捜す、探査する （動） nej
酒場、バー （名） tach
作戦行動、策略、マニューバー （名） tuH
酒、ビール、ワイン、アルコール （名） HIq
叫ぶ、怒鳴る （動） jach
ささやく、ひそひそ話をする （動） tlhup
刺す(針・棘などが)、チクチク・ヒリヒリする （動） 'aw'
刺す、突く （動） DuQ
挫折した、失望した、悔しく思う （動） mogh

殺害する、人を殺す	（動）	chot
サッカリン、人工甘味料	（名）	HaQchor
作曲する、記録する、録音・録画する	（動）	qon
雑談する、おしゃべりする	（動）	jaw
作動させる（装置を）	（動）	chu'
悟る、～に気付く、実感する	（動）	tlhoj
砂漠	（名）	Deb
座標	（名）	Quv
妨げる、ふせぐ	（動）	bot
寒い、冷たい	（動）	bIr
鞘、ナイフケース、ホルスター	（名）	vaH
サラゲン（クリンゴンの神経ガス）	（名）	Qab
さわる、触れる	（動）	Hot
3	（数）	wej
3番目の、第3の	（数）	wejDIch
酸	（名）	pey
参加する、関与する	（動）	jeS
参加・加入する、接合する	（動）	muv

【し】

時（時刻）、1時間	（名）	rep
幸せな、幸福な	（動）	Quch
飼育する、繁殖させる	（動）	Sep
ジェネシス、創世、ビッグバン	（名）	qa'vam
仕返しする、報復する	（動）	noD
しかし、だが、それでも、それにもかかわらず	（接続）	'a、'ach
叱る、説教する	（動）	qun
士官、将校	（名）	yaS
士官、将校（退役した）	（名）	'utlh
志願する、進んで事に当たる	（動）	Sap
時間、時刻	（名）	poH
時間を計る、時期を決める・調整する	（動）	poH
指揮官、司令官	（名）	ra'wI'
識別する、見分けがつく	（動）	ghov

資源、物資、リソース（単数）	（名）	Sup
資源、物資、リソース（複数）	（名）	jo
事件、現象、出来事、効果	（名）	wanI'
仕事、任務、業務、タスク、ミッション	（名）	Qu'
自殺する	（動）	HoH'egh
使者、外交員	（名）	Duy
地震断層	（名）	Seq
地震に遭う、地震に見舞われる	（動）	Qom
自信のある、自信過剰の	（動）	jeQ
静かな、沈黙した	（動）	tam
システム、体系、系統	（名）	pat
静まらせる、黙らせる	（動）	tammoH
姿勢制御スラスター	（名）	lolSeHcha
舌	（名）	jat
下、下方向	（名）	bIng
したい(～[何か行動を]したい)、欲する、望む	（動）	neH
死体	（名）	lom
時代	（名）	bov
次第で（[目的語]次第で）、…による	（動）	wuv
従う(要求・命令・規則などに)、応じる (comply)	（動）	HeQ
従う(人・命令などに)、…に服従する (obey)	（動）	lob
従う(規則・法律に)、(規則・法律を）守る	（動）	pab
従って、それ故に、ならば、だから	（副）	vaj
従わない、違反する、背く	（動）	lobHa'
下に押す、クリックする	（動）	'uy
シチュエーション、状況、形勢、局面	（名）	ghu'
歯痛	（名）	Ho''oy'
実証する、立証する	（動）	'ol
失敗する、～しそこなう	（動）	luj
質問する、訊く	（動）	yu'
辞典、辞書	（名）	mu'ghom
死ぬ	（動）	Hegh
支配する、統治する	（動）	che'
支配する、優位を占める	（動）	ghatlh

しばしば、頻繁に、何度も （副） pIj
支払う （動） DIl
慈悲、情け （名） pung
司法権、裁判権 （名） teblaw'
姉妹（の一人） （名） be'nI'
閉まった、閉じた （動） SoQ
自慢する （動） mIy
閉める、閉じる （動） SoQmoH
地面、地表、土地 （名） yav
邪悪な、不道徳な （動） mIgh
シャーマン惑星 （名） SermanyuQ
社会 （名） nugh
射撃、発射（銃などを） （名） bach
射撃手、砲手 （名） baHwI'、matHa'
ジャケット、コート （名） wep
遮蔽装置 （名） So'wI'
邪魔をする（人・仕事などを）、阻害する （動） Suj
種(しゅ)、種類、生物種 （名） mut
自由、自主、独立 （名） tlhab
週（クリンゴン暦の） （名） Hogh
銃、ハンドガン （名） HIch
10 （数） wa'maH
10、n十 （数） maH
集会、会議、会合 （名） qep
収穫する （動） yob
宗教、〇〇教 （名） lalDan
従順でない、反抗的な （動） tlhIv
囚人、捕虜 （名） qama'
集団、群れ、グループ、パーティ （名） ghom
集中する、専念する （動） buS
充電する、充填する （動） Huj
自由な、束縛されていない、独立した （動） tlhab
周波数（無線・通信の） （名） Se'
十分な、足りる （動） yap

10万、n十万 （数）blp

収容する、（人数を）収容できる、泊める （動）ma'

重要な物、重大な事 （名）potlh

修理する （動）tI'

熟練した、上手な （動）po'

手術、外科手術 （名）Haq

主人、支配者 （名）jaw、joH

種族、人種、民族、種類 （名）Segh

出席している、そこにいる・ある （動）SaH

主張する(反対されても)、力説する、言い張る （動）qap

主張する（領土・所有権を） （動）DoQ

出発する、旅立つ（目的を持って） （動）tlheD

首都 （名）mon

主任、親分、社長、ボス （名）pIn

巡航する、巡回する （動）qugh

純粋な、澄んだ、純血の、潔白な （動）watlh

準備しろ！、用意！ （感）'eH

巡洋戦艦 （名）may'Duj

賞、賞品・賞金、褒美 （名）tev

上位の、上手(うわて)の、優れた （動）nIv

紹介する （動）IIH

障害物のない、空(す)いている （動）Huv

消化不良 （名）poq

小艦隊（艦隊の一部、または独立した） （名）nawlogh

蒸気、湯気、スチーム （名）SeS

乗客、旅客 （名）raQpo'

状況、形勢、局面、シチュエーション （名）ghu'

状況、事情、ステータス （名）Dotlh

将軍（階級） （名）Sa'

上下逆さまの、ひっくり返った （動）yoy

称賛する、褒める （動）Ho'

上司、上官、上位の （名）moch

少女、女の子 （名）be'Hom

昇進させる、増進・促進する （動）num

商船 （名） SuyDuj
承諾する、同意する （動） ghIb
商人、業者 （名） Suy
情熱的な、熱心な （動） nong
少年、男の子 （名） loDHom
丈夫な、頑丈な、屈強な、タフな （動） rotlh
証明する （動） tob
条約、契約、合意、アカウント （名） mab
勝利、勝ち （名） yay
上陸休暇 （名） leSpoH
上陸班、上陸部隊 （名） Saqghom
小惑星、アステロイド （名） ghopDap
小型惑星 （名） yuQHom
除外する、省略・オミットする （動） nop
職業、業務、ビジネス （名） malja'
食堂、レストラン （名） Qe'
植物、草木 （名） tI
処刑する、死刑を執行する （動） muH
ショックを受けた、呆れかえった、唖然とした （動） yay'
署名する、調印する、（条約を）結ぶ （動） qI'
知る、知っている （動） Sov
司令官、指揮官 （名） la'
白い （動） chIS
死を免れない、寿命のある （動） jubbe'
神経質な、緊張している （動） bIt
人口、個体数 （名） roghvaH
真実の、本当の、本物の （動） teH
信じる（話・物・人などを） （動） Har
信じる（人を）、信用・信頼・信仰する （動） voq
新星（天体現象） （名） puyjaq
進捗、進行、経過 （名） Ser
心配性の人 （名） rejmorgh
進歩した、高度に発展した （動） 'Itlh
進歩・進行する、前進する（物事が） （動） tlhetlh

深夜、真夜中	（名）ramjep
深夜の軽食	（名）ghem
信用しない、疑う、怪しむ	（動）voqHa'
心理探知機	（名）tuQDoq
侵略、侵入	（名）yot
侵略する、侵入する	（動）yot
神話	（名）wIch
推進させる、押し出す	（動）vo'
推進力	（名）Hong
彗星	（名）lly
推薦する、勧める、提案する	（動）chup
推測・推定する、〜だと思う	（動）loy
垂直な、直立した	（動）chong
スイッチ、ボタン	（名）leQ
水平な、横方向の	（動）SaS
推論する、論理的に考える	（動）meq
スキャナー	（名）Hotlhwl'
スキャンする	（動）Hotlh
救う、救助・救出する	（動）toD
少ない、少しの、少量の	（動）puS
優れた、素晴らしい、素敵な (great)	（動）Dun
優れた、良い、適した、好ましい (good)	（動）QaQ
少し、ちょっと〜する	（副）loQ
すすり泣く、（犬が）クーンと鳴く	（動）vIng
頭痛がする	（動）wuQ
酸っぱい、苦い	（動）wIb
捨てる、投げ捨てる	（動）woD
スパイ、密偵	（名）ghoqwl'
スパイ行為、諜報活動	（名）lInDab
スパイする、密かに探る	（動）ghoq
素晴らしい、印象的な、見事な	（動）Doj
全て、全部、みんな、全員	（名）Hoch
スラスター、推進器（単数）	（名）vIj
スラスター、推進器（複数）	（名）chuyDaH

スリングショット、投石器 (名) moy'bI'
ずるい、陰険な (動) 'ong
鋭い、鋭利な (動) jej
座る (動) ba'

【せ】
正義、公平 (名) ruv
制御する、操作する、コントロールする (動) SeH
制御する(手で・手動で)、操作する (動) ruQ
星系 (名) Hovtay'
清潔な、きれいな、汚れていない (動) Say'
政権、権力 (名) woQ
制限・限定する(〜をある範囲内に)、閉じ込める (動) wegh
成功 (名) Qapla'
成功する、機能する、はたらく、勝つ (動) Qap
生産・製造する、作り出す、生み出す (動) lIng
誠実な、正直な (動) yuDHa'
精神、知能、心 (名) yab
ゼイゼイ息を切らす (動) tlhov
生徒、学生 (名) ghojwI'
整備、メンテナンス (名) leH
整備・メンテナンスする (動) leH
政府機関、…庁、…局 (名) tum
制服、ユニフォーム (名) HIp
征服する (動) chargh
生物(非ヒューマノイドの) (名) Dep
生命、命 (名) yIn
生命維持装置 (名) yIntagh
生命反応、生物存在のしるし (名) yInroH
税を課す (動) rup
脊柱、脊椎 (名) pIp
赤痢 (名) pom
セクター、区域、地帯 (名) mIch
接近する、アクセスする (動) naw'

接近する、近づく	（動）	chol
接合する、参加・加入する	（動）	muv
接頭辞	（名）	moHaq
説得する、納得させる	（動）	pon
設備、装備、用具	（名）	luch
接尾辞	（名）	mojaq
説明する	（動）	QIj
設立する、確立する	（動）	cher
背中	（名）	Dub
ゼロ、零	（数）	pagh
世話をする、保育する	（動）	Qorgh
1000、n千	（数）	SaD、SanID
線、紐、ロープ	（名）	tlhegh
宣言する、公布する	（動）	maq
先行する、先んずる	（動）	nung
センサー、感知器	（名）	noch
船首（部）、前部、前面	（名）	'et
先住民、土地の人、土着の	（名）	Sung
戦術、兵法	（名）	to'
戦術士官	（名）	ya
戦術ディスプレイ	（名）	wIy
前進させる、促進する	（動）	Duv
先祖、祖先（単数）	（名）	qempa'
先祖、祖先（複数）	（名）	no'
戦争（概念形）	（名）	veS
戦争をする、開戦する（概念形）	（動）	Qoj
船体	（名）	Som
選択	（名）	wIv
船長、艦長	（名）	HoD
戦闘隊形、陣形	（名）	may'morgh
前任者	（名）	nubwI'
船尾（部）、後部、後面	（名）	'o'
戦略、策略	（名）	Dup
占領する	（動）	Dan

【そ】

葬式、葬儀　（名）nol
操舵手、舵取り　（名）Deghwl'
装置、機器、デバイス　（名）jan
贈呈、提示、上演、ショー、映画、番組　（名）much
贈呈する、提出する、上演・上映する　（動）much
遭難・難破した、窮地にある　（動）Sot
測定する、測る　（動）juv
速度、速さ　（名）Do
そこ、そこら辺　（名）pa'
粗雑な、荒い、ザラザラした　（動）ghegh
そして、～して～、また～（文接続）　（接続）'ej
外、外側、外部　（名）Hur
そば、隣、傍ら　（名）retlh
祖父　（名）vavnI'
祖母　（名）SoSnI'
空（そら）　（名）chal
それは、それを・に　（代名）'oH
それらは、それらを・に　（代名）bIH
損害、被害、破損、ダメージ　（名）QIH
損害・ダメージを与える、害する　（動）QIH
尊敬する、敬う　（動）vuv
存在、実体　（名）Dol

【た】

第１の、１番目の、初めの　（数）wa'DIch
大気、空気　（名）muD
第９の、９番目の　（数）HutDIch
退去する、明け渡す　（動）qeD
退屈な、つまらない　（動）Dal
第５の、５番目の　（数）vaghDIch
大災害、カタストロフィ　（名）lot
大使館　（名）rIvSo'
第 10 の、10 番目の　（数）wa'maHDIch

第３の、３番目の	（数）	wejDIch
怠惰な、無精な	（動）	buD
第７の、７番目の	（数）	SochDIch
第２の、２番目の	（数）	cha'DIch
大破させる、めちゃめちゃに壊す	（動）	puy
第８の、８番目の	（数）	chorghDIch
代表、使者	（名）	'oSwI'
代表する（…を）、表す、象徴する	（動）	'oS
逮捕する	（動）	qop
体毛、動物の毛	（名）	pob
第４の、４番目の	（数）	loSDIch
第６の、６番目の	（数）	javDIch
ダイリチウム	（名）	cha'puj
ダイリチウム結晶	（名）	cha'pujqut
耐える、我慢する（苦痛・不幸などを）	（動）	SIQ
耐える、苦しむ、受ける	（動）	bech
倒れる、落ちる	（動）	pum
高い（高さが）	（動）	jen
妥協する、譲歩する、和解する	（動）	moS
巧みに操作する（エンジンを）	（動）	QoD
だけ、～のみ、単に、たかが	（副）	neH
足す、加える	（動）	chel
助ける、救助する	（動）	QaH
たそがれ、薄明	（名）	choS
戦い、戦闘（具体形）	（名）	may'
戦う、戦闘する	（動）	Suv
正しい、合っている、誤りのない	（動）	lugh
立ち聞きする、盗聴する	（動）	Daq
立つ、立ち上がる	（動）	Qam
達成した、完成した、成し遂げられた	（動）	rIn
達成、成就、偉業（努力・技術・能力での）	（名）	chav
達成、成就、功績（仕事や目標の）	（名）	ta'
達成する、（努力・技術・能力で）成し遂げる	（動）	chav
達成する、（仕事や目標を）成し遂げる	（動）	ta'

脱走する、見捨てる	（動）choS
盾、シールド（宇宙船のシールドは botjan）	（名）yoD
建物、ビルディング	（名）qach
楽しむ、（…を）喜ぶ	（動）tIv
頼む、依頼・要求する	（動）tlhob
旅、旅行、航海	（名）leng
旅する、旅行する、さまよう	（動）leng
たぶん、恐らく、もしかすると	（副）chaq
食べる、食事する	（動）Sop
だます（人を）、あざむく	（動）toj
たまたま、偶然に	（副）bong
溜まる、積もる、蓄積する	（動）vI'
試す、～しようと試みる	（動）nID
多様（性）、変化（に富む事）	（名）Sar
多様な、様々な、色々な	（動）Sar
堕落させる、買収する	（動）qalmoH
堕落した、買収された	（動）qal
誰？、誰が・に・を	（疑問）'Iv
誰か、何か、誰でも、何でも	（名）vay'
誰も～ない、何も～ない	（名）pagh
たわごと、ナンセンス	（名）Dap
短気な、イライラしている	（動）boH
短気な、怒りっぽい	（動）bergh
短剣、ダガー、ナイフ	（名）taj
単語、語	（名）mu'
単純な、簡素な、シンプルな	（動）nap
誕生日	（名）qoS
弾薬	（名）nIch

【ち】

血、血液	（名）'Iw
小さい、小型の	（動）mach
地下	（名）wutlh
誓い、誓約	（名）'Ip

誓う　（動）'Ip
違う、異なる　（動）pIm
近道、抜け道、ショートカット　（名）qIgh
力（ちから）、エネルギー、パワー　（名）HoS
地球　（名）tera'
地球人　（名）tera'ngan
地区、地域、エリア　（名）yoS
父、父親　（名）vav
窒息する、息が詰まる　（動）voQ
地表（惑星表面）　（名）ghor
地方、田舎　（名）Hatlh
地方、地域、（地球の）国・州　（名）Sep
致命的な、破滅的な　（動）HeghmoH
着陸する　（動）Saq
注意・注目する、集中する　（動）qIm
注意深い、慎重な、気を付けている　（動）yep
昼食、ランチ　（名）megh
中心、真ん中　（名）botlh
中断する、さえぎる　（動）qagh
中立地帯　（名）neHmaH
チュニック、シャツ　（名）yIvbeH
嘲笑する、笑いものにする　（動）nuS
朝食　（名）nIQ
調節する、調整する　（動）lIS
調理室、厨房　（名）vutpa'
調和、一致、協定　（名）rom
チョコレート　（名）yuch
散らかった、乱雑な、汚ない　（動）ghIH

【つ】

付いて行く、同行する　（動）tlhej
追放する、流刑にする　（動）ghIm
通気口、ベント　（名）yIb
通常の、普通の、いつもの　（動）motlh

通信機、コミュニケーター （名） Qumwl'

通信士官 （名） QumpIn

通信する、連絡する （動） Qum

使い切った、尽きた、品切れの （動） loj

使い果たす、排気・排出する （動） tlhuch

使い古した、古臭い（道具・機械などが） （動） Qop

使い古す （動） QopmoH

使う、用いる （動） lo'

使えなくする、〜できなくする、無効化する （動） Qotlh

仕える、奉仕する （動） toy'

捕まえる、捕獲する （動） jon

疲れた、くたびれた （動） Doy'

月（衛星） （名） maS

月（暦、クリンゴン暦の） （名） jar

着く、到着・到達する （動） paw

作り出す、生み出す、生産・製造する （動） lIng

土、ほこり （名） lam

包む、くるむ （動） qat

繋ぐ、結合する、接続する （動） rar

翼、羽 （名） tel

つぶれる、崩れる （動） Dej

妻 （名） be'nal

爪先（つまさき） （名） yaD

つまらない、下らない、取るに足らない （動） ram

罪を犯す、犯罪を犯す （動） HeS

罪を犯す（道徳に反する罪） （動） yem

詰め込む、詰め物をする （動） ghoD

冷たい、寒い （動） bIr

爪の垢 （名） butlh

つもりである（〜する）、〜する意図がある （動） Hech

強い、強力な、勢力のある （動） HoSghaj

強い、力がある、強壮な （動） HoS

強く押す、突っ込む （動） ghoS

吊るす、掛ける （動） HuS

連れて行く・来る、持って来る・行く　（動）qem

【て】

手　（名）ghop
帝国　（名）wo'
停戦、休戦　（名）rojHom
ディフレクター　（名）begh
データ、情報　（名）De'
データ送受信装置　（名）HabII'
データ通信・送信　（名）jabbI'ID
データを受信する、ダウンロードする　（動）II'
データを送信する、アップロードする　（動）lab
敵、敵兵、敵軍　（名）jagh
出来事、事件、事象　（名）wanI'
適任の、適格の、資格のある　（動）'um
手伝う、援助する　（動）boQ
テストする、調査・検査する　（動）nuD
撤退する、後退する　（動）HeD
手に入れる、得る、獲得する　（動）Suq
デネビアン・スライムデビル　（名）DenIb Qatlh
デネブ人　（名）DenIbngan
デネブ星　（名）DenIb
手の甲　（名）chap
手のひら、掌　（名）toch
手袋、グローブ　（名）pogh
寺、聖堂、礼拝堂　（名）chIrgh
テラン星系（トロイアスのある星系）　（名）telun Hovtay'
点火する、噴射させる（スラスターなど）　（動）laQ
天才　（名）wIgh
転送イオン化ユニット　（名）jolvoy'
転送室　（名）jolpa'
転送する　（動）jol
転送ビーム　（名）jol
伝統、慣習　（名）lurDech

転任・転勤・転校する、移転する（動）Qay

【と】

と、また（名詞接続）	（接続）je
と、か、どちらかまたは両方（名詞接続）	（接続）joq
ドア、門	（名）lojmIt
トイレ、便所	（名）puchpa'
同意しない、（意見などに）反対する	（動）Qoch
同意する、（意見などに）賛成する	（動）Qochbe'
同一の、全く同じ	（動）nIb
洞窟	（名）DIS
動詞	（名）wot
同時に起こる（複数の主語が）	（動）quq
同情する、哀れむ	（動）vup
闘争、対立、争い、衝突	（名）yol
胴体	（名）ro
統治、行政、政府	（名）qum
統治する、支配する、政治を行う	（動）qum
統治する、支配する、君臨する	（動）che'
逃亡する、亡命する	（動）cheH
同盟、連合	（名）boq
獰猛な、凶暴な、猛烈な	（動）qu'
動物、肉	（名）Ha'DIbaH
動物園	（名）Hu
動物の一種	（名）Qa'
動物の一種（ペットになる）	（名）Qogh、'er
遠い、離れた	（動）Hop
時々、たまに	（副）rut
毒、毒薬	（名）tar
独裁者、暴君	（名）HI'
独裁政権、独裁国	（名）HI'tuy
特別な、例外的な、並外れた	（動）le'
溶ける、溶解する	（動）tet
どこか	（名）vogh

何処で・へ・に	（疑問）nuqDaq
どこでも、至る所	（名）Dat
年（クリンゴン暦の）	（名）DIS
都市、市街	（名）veng
閉じた、閉まった	（動）SoQ
年寄り、年長者、長老	（名）qup
閉じる、閉める	（動）SoQmoH
ドッキングする、ドックに入れる、駐車する	（動）vergh
ドック、港、波止場	（名）vergh
突撃する、突進する	（動）yov
取っておく、保管・保持する	（動）pol
届く（手・声などが、…に）	（動）SIch
どのように、どうやって？	（疑問）chay'
トパリン（貴重な鉱物）	（名）topIIn
跳ぶ、跳ねる、ジャンプする	（動）Sup
飛ぶ、飛行する	（動）puv
止まる、やめる	（動）mev
友達、友人	（名）jup
トライコーダー	（名）Hoqra'
トラブル、困難、悩み、面倒事	（名）Seng
鳥かご、ケージ	（名）mo'
取り消す、取りやめる、キャンセルする	（動）qIl
取り壊す、解体する（建物を）	（動）pej
取り出す	（動）lel
取り外す、取り除く	（動）teq
取引する、業務を処理する	（動）Huq
取引する（売買の）、交渉する	（動）tlhong
トリブル	（名）yIH
トリリウム（ユリ科の薬草）	（名）DIlyum
取る、つかむ、持って行く、連れて行く	（動）tlhap
取る（衣服を）、脱ぐ	（動）tuQHa'moH
トロイアス（惑星）	（名）Doy'yuS
泥棒、盗人	（名）nIHwI'
トンネル、地下道、コンジット	（名）'och

貪欲な、がめつい	（動） qur

【な】

ナイフ、短剣、ダガー	（名） taj
治す、治療する、癒す	（動） vor
長い（時間・期間が）、長期の	（動） nI'
長い（物の長さ・距離が）	（動） tIq
仲間、相棒、パートナー	（名） qoch
流れ星、隕石	（名） chunDab
泣く	（動） SaQ
なぜ？	（疑問） qatlh
ナセル	（名） HanDogh
名づける、…と呼ぶ	（動） pong
なでる（…を）	（動） yach
7	（数） Soch
7番目の、第7の	（数） SochDIch
何か、誰か、何でも、誰でも	（名） vay'
何が、何を・に	（疑問） nuq
何も～ない、誰も～ない	（名） pagh
名前、呼称	（名） pong
生の、未加工な（食べ物が）	（動） tlhol
波	（名） yu'egh
ならば、従って、だから、それ故に、その結果	（副） vaj
なる、…になる	（動） moj
なるほど！、そうか！	（感） toH
ナンセンス、たわごと	（名） Dap
何の用だ？、何が欲しい？（挨拶）	（感） nuqneH

【に】

2	（数） cha'
臭いを嗅ぐ	（動） largh
臭いを発する	（動） He'
2回、2度	（副） cha'logh
苦い、酸っぱい	（動） wIb

肉、動物	（名）	Ha'DIbaH
憎む、ひどく嫌う	（動）	muS
逃げる、脱出する	（動）	Haw'
日後、n 日後	（名）	leS
日前、n 日前	（名）	Hu'
日誌、日記、ログ	（名）	QonoS
似ている（…に）	（動）	rur
2番目の、第2の	（数）	cha'DIch
ニューラル（うしかい座ゼータ星第3惑星）	（名）	nural
ニューラル人	（名）	nuralngan
…による、…次第で	（動）	wuv
人気のある、評判の良い	（動）	Qat
人間（地球人類）	（名）	Human
任務、業務、仕事、タスク、ミッション	（名）	Qu'

【ぬ】

盗人、泥棒	（名）	nIHwI'
盗む	（動）	nIH
濡れた、湿った、乾いていない	（動）	yIQ

【ね】

熱、熱さ、暑さ	（名）	tuj
ネックレス	（名）	ghIgh
狙う（銃の照準ごしに）	（動）	puS
寝る、眠る	（動）	Qong
年（クリンゴン暦の）	（名）	DIS
粘着性のある、ねばねばする	（動）	Hum
年後、n 年後	（名）	nem
年前、n 年前	（名）	ben
燃料	（名）	nIn

【の】

野、野原	（名）	yotlh
農業	（名）	Satlh

農場、畑 （名） Du'
能力、力量 （名） laH
残りの、余りの （動） chuv
残り物（文法用語） （名） chuvmey
残る、留まる、～のままである （動） ratlh
望む、希望する （動） tul
のど （名） Hugh
のどが乾いている （動） 'oj
登る、上がる （動） Sal
飲み込む （動） ghup
飲む （動） tlhutlh
乗り込む（船・飛行機などに） （動） ten
乗る（馬・自転車・オートバイに） （動） lIgh
乗る(列車·バス·飛行機·船などに)、乗り込む （動） tlj
乗る（車などに）、入る、入学・入会する （動） yong

【は】

歯 （名） Ho'
刃、ふち、へり （名） HeH
バー、酒場 （名） tach
パーセント （名） vatlhvI'
バーテンダー （名） chom
パートナー、仲間、相棒 （名） qoch
はい、そうです（質問への答え） （感） HIja'、HISlaH
はい、OK、やります （感） luq、lu'
排気（またスラングで「排泄物」） （名） taQbang
排気・排出する （動） tlhuch
廃墟、旧跡 （名） pIgh
入る（中に）、立ち入る （動） 'el
墓、墓所 （名） mol
馬鹿、愚か者 （名） qoH
破壊工作・妨害工作を行う （動） Sorgh
破壊する、滅ぼす、完全に使えなくする （動） Qaw'
馬鹿な、頭が悪い（人が） （動） QIp

馬鹿な、馬鹿馬鹿しい（物事・言動が）	（動）	Dogh
白熱する、発光する	（動）	wew
爆発する	（動）	jor
爆発物、爆弾	（名）	jorwI'
運ぶ、運搬する	（動）	qeng
恥じさせる、面目をつぶす	（動）	tuHmoH
恥じている、恥ずかしい	（動）	tuH
初めて会う、ファーストコンタクトする（主語が、目的語と）	（動）	qIH
初めの、第１の、１番目の	（数）	wa'DIch
パジャマ	（名）	nIvnav
柱、柱状の物	（名）	tut
走る、駆ける	（動）	qet
旗	（名）	joqwI'
はためく、波打つ、脈打つ	（動）	joq
働く、仕事をする、労働する	（動）	vum
8	（数）	chorgh
8番目の、第8の	（数）	chorghDIch
罰、罰金、報い	（名）	jIp
発見する、見つける、気が付く	（動）	tu'
発射する（魚雷・ロケット・ミサイルなどを）	（動）	baH
発射準備ができている（魚雷など）	（動）	ghuS
罰する、こらしめる	（動）	Hup
発展した、先進の（都市などが）	（動）	Hach
発明する、考案する	（動）	'ogh
鼻	（名）	ghIch
話、物語、ストーリー	（名）	lut
話し合う、議論する	（動）	ja'chuq
話す（[言葉、話]を）	（動）	jatlh
話す（人に）、言う、伝える	（動）	ja'
離す、分ける（人や物をお互いに）	（動）	chev
パニックになる、慌てる	（動）	IIm
母、母親	（名）	SoS
速く、急いで、すばやく	（副）	nom
速さ、速度	（名）	Do

腹、腹部	（名） chor
腹が減った、空腹の	（動） ghung
範囲、距離	（名） chuq
繁栄する、栄える	（動） chep
反逆、背信	（名） 'urmang
反逆者、謀反人	（名） lotlhwI'
反逆する、反抗する (rebel)	（動） lotlh
判決、判断、審査	（名） yoj
番号、数、数字	（名） mI'
反抗する、叛乱する (mutiny)	（動） qIQ
犯罪	（名） HeS
犯罪者、犯人	（名） HeSwI'
パンツ（ズボン）	（名） yopwaH
反物質	（名） rugh
半分	（名） bID
叛乱、謀反	（名） QuD

【ひ】

日（夜明けから次の夜明けまで）	（名） jaj
火	（名） qul
光っている、輝いている	（動） boch
卑怯な戦い方をする	（動） HIgh
ピクルス（胡瓜の）	（名） Hurgh
鼻孔、鼻の穴	（名） tlhon
膝	（名） qIv
ひざまずく、膝をつく	（動） tor
ビジネス、職業、業務	（名） malja'
額（ひたい）、おでこ	（名） Quch
左、左側	（名） poS
引っ張る、牽引する	（動） luH
必要な、必須な、肝心な	（動） 'ut
否定する、拒否・拒絶する	（動） tem
人、人物、個人（ヒューマノイド）	（名） ghot
人、集団の中のひとり（ヒューマノイド）	（名） nuv

人がいる、居住している、住民がいる　（動）toq
ひどく怖がる、恐れる　（動）Haj
人質　（名）vub
瞳　（名）lur
人を殺す、殺害する　（動）chot
避難、逃避　（名）lulIgh
非難、咎め、（過失の）責任　（名）pIch
非難する、咎める　（動）pIch
非難する、糾弾する（人・行為を）　（動）qIch
否認・否定する、（…と）矛盾する　（動）tlhoch
秘密、機密事項　（名）pegh
秘密を守る、～を他言しない　（動）pegh
100、n百　（数）vatlh
100万、n百万　（数）'uy'
ヒューマノイド、人間型生物　（名）yoq
秒（時間）　（名）lup
評価する、鑑定する、見積もる　（動）noH
病気　（名）rop
病気の、気分が悪い　（動）rop
表示させる、見せる、映す　（動）cha'
描写する、記述する　（動）Del
標的、ターゲット（単数）　（名）DoS
標的、ターゲット（複数）　（名）ray'
開いた、開いている　（動）poS
開く、開ける　（動）poSmoH
昼寝する、うたた寝する　（動）Dum
昼間、日中　（名）pem
拾う、拾い上げる　（動）woH
広がる、（…が）拡大する　（動）Sach

【ふ】

不安な、心配な、落ち着かない　（動）jotHa'
風習、慣習、習慣　（名）tIgh
ブーツ（単数）　（名）DaS

ブーツスパイク	（名）	DaSpu'
フェイザー、角（つの）	（名）	pu'
フェイザー・クルー（射撃手）	（名）	pu'beq
フェイザー・バンク	（名）	pu'DaH
フェイザー・ピストル	（名）	pu'HIch
フェイザー・ライフル	（名）	pu'beH
増える、増加する	（動）	ghur
フォースフィールド、力場	（名）	Surchem
不快に思う、腹を立てる	（動）	qeH
武器、兵器	（名）	nuH
不機嫌な	（動）	belHa'
不器用な、下手な	（動）	Soy'
副官	（名）	boQDu'
復讐	（名）	bortaS
含む、…が中に入っている	（動）	ngaS
ふけ	（名）	quHvaj
不幸な、楽しくない	（動）	QuchHa'
不思議に思う、（～に）驚く	（動）	SIv
不死の、不死身の	（動）	jub
侮辱する、馬鹿にする	（動）	tIch
不誠実な、不正直な	（動）	yuD
部隊、中隊	（名）	QaS
不注意な、軽率な、うかつな	（動）	yepHa'
普通の、通常の、いつもの	（動）	motlh
二日酔いの	（動）	'uH
ぶつかる、衝突する	（動）	paw'
物質	（名）	Hap
浮遊辞（文法用語）	（名）	lengwI'
太い（肥満ではなく、文字などにも使う）	（動）	pI'
不道徳な、邪悪な	（動）	mIgh
太った、肥満体の	（動）	ror
船、艦、乗り物	（名）	Duj
負の角度にある（船首・機首が水平より下を向いている）	（動）	taH
部分、部品、一部、一片、パート、セクション	（名）	'ay'

不平・不満・愚痴を言う	(動) bep
踏む、踏みつける	(動) gho'
プラスティック	(名) mep
無礼な、失礼な	(動) Doch
プレゼント、ギフト、贈り物	(名) nob
プログラムする (コンピュータ)	(動) ghun
分 (時間の単位)	(名) tup
文、文章	(名) mu'tlhegh
分析、解析	(名) poj
分析・解析する	(動) poj
文法	(名) pab
文明	(名) tayqeq
文明化された、文化的な	(動) tay
文明化する、教化する	(動) taymoH
分類、格付け	(名) buv
分類する、格付けする	(動) buv

【へ】

平行コース	(名) HeDon
平行の、パラレルな	(動) Don
兵士 (単数)	(名) mang
兵士 (複数)	(名) negh
平坦な、すべすべした、なめらかな	(動) Hab
平和、平穏	(名) roj
ペーパークリップ、紙挟み	(名) mavjop
ペット	(名) Saj
部屋、チェンバー	(名) pa'
ベルト	(名) qogh
ヘルメット、帽子	(名) mIv
変化、変更	(名) choH
便器	(名) puch
変装する、偽装する	(動) jech

【ほ】

妨害する、邪魔をする	（動）	nIS
妨害する、（道などを）ふさぐ、遮る	（動）	waQ
防臭剤、デオドラント	（名）	noSvagh
包帯、バンデージ	（名）	Sev
法廷、裁判所	（名）	bo'DIj
豊富な、金持ちの	（動）	mIp
訪問する、訪れる	（動）	Such
法律	（名）	chut
ボキャブラリー、語彙	（名）	mu'tay'
保護する、守る (protect)	（動）	Qan
誇り高い、名誉な	（動）	Hem
補佐官、側近	（名）	boQ
星、恒星	（名）	Hov
ボス、主任、親分、社長	（名）	pIn
保存する、維持する	（動）	choq
欲する、望む、〜したい	（動）	neH
発端、起源、原因	（名）	mung
ポニーテール	（名）	DaQ
ポニーテール留め	（名）	choljaH
骨	（名）	Hom
頬、ほっぺた	（名）	qevpob
捕虜、囚人	（名）	qama'
彫る、刻みつける、書く、筆記する	（動）	ghItlh
ホルスター、鞘、ナイフケース	（名）	vaH
本、書物	（名）	paq
本当の事を言う、真実を話す	（動）	vIt
本能	（名）	Duj
翻訳機（トランスレーター）、翻訳者	（名）	mughwI'
翻訳する	（動）	mugh

【ま】

負かす、倒す、打ち破る	（動）	jey
曲げる、折り曲げる	（動）	SIH

真面目な、本気の、真剣な　（動）Sagh
混ぜる、混合・調合する　（動）DuD
まだ～していない、まだである　（副）wej
または、…と…のどちらか（名詞接続）　（接続）ghap
間違った、誤った　（動）muj
待つ（～を）　（動）loS
全く～ない、決して、一度も～した事がない　（副）not
祭り、フェスティバル　（名）yupma'
学ぶ、習う　（動）ghoj
マニューバー、作戦行動　（名）tuH
真昼、正午　（名）pemjep
間もなく、もうすぐ　（副）tugh
守り、防衛、防御　（名）Hub
守る、防衛・防御する (defend)　（動）Hub
守る、保護する、かばう (shield)　（動）yoD
守る、保護する (protect)　（動）Qan
眉、眉毛　（名）Huy'
まれな、希少な、レアな　（動）qub
まれな、普通でない　（動）motlhbe'
回る、向きを変える　（動）tlhe'
万、n 万　（数）netlh
満足させる　（動）yonmoH
満足した　（動）yon
真ん中、中心　（名）botlh

【み】
右、右側　（名）nIH
見事だ！、良くやった！、でかした！　（感）majQa'
見知らぬ、見なれない　（動）Huj
水　（名）bIQ
見捨てる、断念する、放棄する　（動）lon
見せる、明かす、公開する　（動）'ang
見せる、映す、表示させる　（動）cha'
導く、案内する　（動）Dev

満ちる、いっぱいになる （動） teb
見つける、発見する、気が付く （動） tu'
緑色の、青い、黄色い （動） SuD
源、（発信）元、情報源、出どころ （名） Hal
醜い、不細工な （動） moH
身代金 （名） voHDajvo'
見本、標本 （名） chovnatlh
魅了する（人を）、心を捉える （動） vuQ
魅力的だ（皮肉でのみ使われる） （感） wejpuH
見る、会う、目に入る （動） legh
観る、観察する （動） bej
みんな、全員、全て、全部 （名） Hoch

【む】
ムガート （名） mughato'
無効化する、使えなくする、～できなくする （動） Qotlh
無罪の、潔白な （動） chun
無視する、気にしない （動） qImHa'
無慈悲な、無情な、冷酷な （動） wIH
無条件降伏 （名） Doghjey
難しい、困難な、複雑な （動） Qatlh
息子 （名） puqloD
娘 （名） puqbe'
無知の、無学の （動） jIv
無能な、不適任な （動） tlhIb
村、村落 （名） vengHom
群がる、押し寄せる （動） qev

【め】
目 （名） mIn
名詞 （名） DIp
名誉（概念形、イメージとしての名誉） （名） batlh
名誉ある、名誉と共に （副） batlh
命令する、指揮する （動） ra'

召使い、使用人　（名）toy’wI’
メニュー　（名）HIDjolev
メモリーバンク　（名）qawHaq
面、側（がわ）、側面、そば　（名）Dop
面目をつぶされた、恥をかく、屈辱を受けた　（動）web

【も】
燃える、燃やす、焼く　（動）meQ
目的地、行き先　（名）ghoch
もしかすると、たぶん、恐らく　（副）chaq
モジュール　（名）bobcho’
もだえる、もがく　（動）nogh
持ち上げる、掲げる　（動）pep
持ち場、部署、コンソールステーション　（名）yaH
持つ、所有する　（動）ghaj
持って来る・行く、連れて来る・行く　（動）qem
戻る、帰る（場所に）　（動）chegh
物、物体　（名）Doch
漏れる　（動）nIj
問題がある、困った、面倒な　（動）qay’
問題・面倒事を起こす、迷惑をかける　（動）Seng

【や】
野営地、兵舎　（名）raQ
約束する　（動）lay’
役に立つ、有益な、便利な　（動）lI’
休む、リラックスする　（動）leS
やった！、終わった！、済んだ！　（感）pItlh
破る（規則を）　（動）bIv
山、丘　（名）HuD
辞める、辞任・辞職する　（動）paj
辞める、立ち退く　（動）bup
やる気・意欲を削ぐ、落胆させる　（動）tung
柔らかい、軟らかい、軟質の　（動）tun

和らげる（苦痛・悩みなどを）、楽にする　（動）Son

【ゆ】

誘拐する、さらう　（動）quch
有害な、害のある　（動）joch
勇敢な、勇ましい (brave)　（動）yoH
勇敢な、大胆な (bold)　（動）jaq
勇気づける、励ます　（動）tungHa'
有罪の、罪を犯した　（動）DIv
夕食、ディナー　（名）'uQ
有毒な、毒性の　（動）SuQ
有名な、よく知られた　（動）noy
優良な、極めて良い、立派な、卓越した　（動）pov
誘惑された、惑わされた、～したくなって（動）tlhu'
誘惑する、惑わす、そそる　（動）tlhu'moH
床、階、フロア　（名）rav
雪が降る、（葉などが）舞い散る　（動）peD
輸送・運送する　（動）lup
油断のない、用心深い　（動）Dugh
ゆっくり、のろのろと　（副）QIt
ユニフォーム、制服　（名）HIp
指、手の指　（名）nItlh
指輪　（名）Qeb
夢を見る　（動）naj
許さない（～する事を）、禁止する　（動）tuch
ゆるめる、（紐・包みなどを）解く、ほぐす（動）QeyHa'moH
ゆるんだ、結んで・束ねて・包んでいない（動）QeyHa'

【よ】

夜明け、あけぼの　（名）jajlo'
良い、優れた、適した、好ましい (good)　（動）QaQ
溶液、溶剤　（名）taS
要求する、～を求める　（動）poQ
用心深い、慎重な　（動）Hoj

容認する、我慢する	（動）	chergh
横たわる、横になる	（動）	Qot
横の、側面の、横移動の	（動）	nech
汚れた、汚い	（動）	lam
良くやった！、見事だ！、でかした！	（感）	majQa'
よし！、いいぞ！、けっこう！	（感）	maj
よじ登る、登攀する	（動）	toS
酔っている	（動）	chech
読む	（動）	laD
夜、夜間	（名）	ram
喜び、楽しみ	（名）	bel
喜んでいる、満足している	（動）	bel
弱い、もろい	（動）	puj
弱虫、弱者	（名）	pujwI'
弱める、もろくする	（動）	pujmoH
4	（数）	loS
4番目の、第4の	（数）	loSDIch

【ら】

ライフル	（名）	beH
ラダン（未加工のダイリチウム結晶）	（名）	Dom
ラベル、レッテル、名札、貼り札	（名）	per
ラベル・札・付箋・レッテルを貼る（…に）	（動）	per
乱暴な、暴力的な	（動）	ral
乱用、悪用	（名）	ghong
乱用・悪用する	（動）	ghong

【り】

陸地、土地、地面	（名）	puH
利口な、頭が良い、賢い	（動）	val
理由、動機	（名）	meq
領事	（名）	jojlu'
料理	（名）	nay'
料理する、調理する	（動）	vut

隣人、近所の人　（名）jIl
倫理、道義　（名）ghob

【る】
ルート、コース、針路、経路　（名）He

【れ】
歴史　（名）qun
レギュラン赤虫　（名）reghuluS 'Iwghargh
レグルス（惑星）　（名）reghuluS
レグルス人　（名）reghuluSngan
劣化・悪化・低下する、衰える　（動）Sab
レムス（惑星）　（名）rIymuS
練習する、訓練する　（動）qeq
連邦、連合、団体　（名）DIvI'
連邦巡洋戦艦　（名）DIvI'may'Duj
連絡する、通信する　（動）Qum

【ろ】
牢屋、監獄　（名）bIghHa'
ロープ、紐、線　（名）tlhegh
ローブ　（名）mop
6　（数）jav
ロボット　（名）qoq
ロミュラス（ロムルス）　（名）romuluS
ロミュラン人　（名）romuluSngan
論理的に考える、推論する　（動）meq

【わ】
ワープ速度　（名）pIvlob
ワープ・ドライブ　（名）pIvghor
若い　（動）Qup
わがままな、自分勝手な　（動）mut
分かる（…を）、理解する　（動）yaj

沸く、沸騰する	（動）pub
惑星	（名）yuQ
惑星連邦	（名）yuQjIjQa'、yuQjIjDIvI'
分ける、分割する	（動）wav
わざと、意図的に、故意に	（副）chIch
忘れる、思い出せない	（動）lIj
私は、私を・に	（代名）jIH
和平条約	（名）rojmab
和平を結ぶ、和解する	（動）roj
笑う（声を出して）	（動）Hagh
悪い、下手な、だめな、不道徳な	（動）qab
我々は、我々を・に	（代名）maH

クリンゴン語の接辞

[1.] 名詞接尾辞

数字は接尾辞の類を表す。

-' a'	(1)	拡大辞（大 -、強 -、主 - など）
-Hom	(1)	指小辞（小 -、弱 - など）
-mey	(2)	複数形（一般）
-Du'	(2)	複数形（身体の部分）
-pu'	(2)	複数形（言葉を話すもの）
-qoq	(3)	いわゆる
-Hey	(3)	見たところ…である、…らしきもの
-na'	(3)	明確な、疑いなく…である
-wIj	(4)	私の -（所有、言葉を話さないもの）
-wI'	(4)	私の -（所有、言葉を話すもの）
-maj	(4)	我々の -（所有、言葉を話さないもの）
-ma'	(4)	我々の -（所有、言葉を話すもの）
-IIj	(4)	あなたの -（所有、言葉を話さないもの）
-II'	(4)	あなたの -（所有、言葉を話すもの）
-raj	(4)	あなたたちの -（所有、言葉を話さないもの）
-ra'	(4)	あなたたちの -（所有、言葉を話すもの）
-Daj	(4)	彼の／彼女の／それの -（所有）
-chaj	(4)	彼らの／彼女らの／それらの -（所有）
-vam	(4)	この -（所有）

-vetlh　(4) その -、あの - (所有)
-Daq　(5) 場所 (〜で、〜に、〜へ)
-vo'　(5) 場所・位置 (〜から)
-mo'　(5) 原因 (…によって、…のせいで)
-vaD　(5) …のために、…にとって
-'e'　(5) 主題化、強調

[2.] 人称接頭辞

jI-　私は - (目的語なし)
qa-　私は - あなたに・を
vI-　私は - 彼／彼女／それ／彼ら／彼女ら／それらに・を
Sa-　私は - あなたたちに

bI-　あなたは - (目的語なし)
cho-　あなたは - わたしに・を
Da-　あなたは - 彼／彼女／それ／彼ら／彼女ら／それらに・を
ju-　あなたは - 我々に・を

mu-　彼／彼女／それ／彼ら／彼女ら／それらは - わたしに・を
Du-　彼／彼女／それは - あなたに・を
nu-　彼／彼女／それ／彼ら／彼女ら／それらは - 我々に・を
lI-　彼／彼女／それ／彼ら／彼女ら／それらは - あなたたちに・を

ma-　我々は - (目的語なし)
pI-　我々は - あなたに・を
wI-　我々は - 彼／彼女／それに・を
re-　我々は - あなたたちに
DI-　我々は - 彼ら／彼女ら／それらに・を

Su-　あなたたちは －（目的語なし）
tu-　あなたたちは － 私に・を
bo-　あなたたちは － 彼／彼女／それ／彼ら／彼女ら／それらに・を
che-　あなたたちは － 我々に・を

nI-　彼ら／彼女ら／それらは － あなたに・を
lu-　彼ら／彼女ら／それらは － 彼／彼女／それに・を
0　彼／彼女／それは（目的語なし）、彼／彼女／それは － 彼／彼女／それ／彼ら／彼女ら／それらに・を、彼ら／彼女ら／それらは（目的語なし）、彼ら／彼女ら／それらは － 彼ら／彼女ら／それらに・を

yI-　（命令形）お前は（目的語なし）、お前は － 彼／彼女／それに・を、お前は － 彼ら／彼女ら／それらに・を、お前たちは － 彼ら／彼女ら／それらに・を
pe-　（命令形）お前たちは（目的語なし）
HI-　（命令形）お前は － 私に、お前たちは － 私に・を
gho-　（命令形）お前は － 私たちに、お前たちは － 我々に・を
tI-　（命令形）お前は － 彼／彼女／それに・を

[3.] 動詞接尾辞

数字は接尾辞の類を表し、分類順に配列した。R は浮遊辞（Rover の略）。

-'egh　(1) 自身に～する
-chuq　(1) 互いに～する

-nIS　(2) ～しなければならない、する必要がある
-qang　(2) 自主的に～する
-rup　(2) 準備できている（行動の）
-beH　(2) 準備できている（機器類の）
-vIp　(2) ～することを恐れる、怖くてできない

-choH	(3)	～になる、～し始める
-qa'	(3)	再び～する
-moH	(4)	～させる、形容詞的動詞の他動詞化
-lu'	(5)	不定主語
-laH	(5)	～できる
-chu'	(6)	明らかに、完璧に
-bej	(6)	確かに、間違いなく
-law'	(6)	～らしい、～のようだ
-pu'	(7)	～した、し終えた
-ta'	(7)	～を達成した、やり遂げた
-taH	(7)	～している、続けている
-lI'	(7)	進行中、実行中である
-neS	(8)	敬語
-DI'	(9)	～する時
-chugh	(9)	もし～ならば
-pa'	(9)	～する前に
-vIS	(9)	～する間に、すると同時に
-bogh	(9)	～する…（関係詞節標識）
-meH	(9)	～するために
-'a'	(9)	疑問形
-wI'	(9)	～するもの・人
-be'	(R)	～しない、～ではない
-Qo'	(R)	～しないつもりだ、～を拒否する
-Ha'	(R)	取消し、反意語化
-qu'	(R)	強調

[4.] 数詞接尾辞

-DIch　序数詞を作る（第一の、第二の、など）
-logh　回数（一度目、二回目、など）

付録

使えるクリンゴン語表現集

文法などの説明を読まずに、まずはクリンゴン語を話してみたい人のために、目安として大まかな発音をそれぞれのフレーズに付けた。読み方はカタカナで読めるようにしたが、以下の特殊な慣例に注意。

ア段	日本語のアより口を上下に開いて出す音。
イ段	日本語のイより口を上下に開いて出す。
ウ段	口をとがらせて出す音。「ウー」と伸ばす事が多い。
エ段	日本語のエより少し口を上下に開いて出す。
オ段	日本語のオとほぼ同じ。
アゥ	英語 cow の母音部分に似る。 おおむね「会う」のような発音。
アィ	英語 cry の母音部分に似る。 おおむね「会い」のような発音。
ハ行	ドイツ語「バッハ」のハの発音のように、吐く息が咽喉でこすれる音を出す。
ガ行	ハ行の有声音。水なしでうがいをする時のような音を出す。
カ行	日本語のカ行より息を強く吐く。
クァ行	クリンゴン語のカ行に、さらにクリンゴン語のハ行を加えた音。強く吐く息が咽喉でこすれる音を出す。
ヤ行	日本語のヤ行だが、イの段とエの段もあり、ここでは「ュ

イ・ュエ」と表記する。

ラ行　英語のＬ音。舌先を上の歯ぐきに付けて出す。

ら行　巻き舌音。Ｌ音と区別するため、Ｒ音はひらがなの「らりるれろ」で表記する。

トゥル　ＴとＬを同時に出すような音。舌の先を上歯茎に付けたまま、舌の両脇で破裂音を出す。母音が続く場合「トゥラ・トゥリ・トゥレ…」となる。

二音節以上の言葉では、アクセントを置いて強く発音する音節を太字で表す。

個々のクリンゴン語の発音はこの辞書の一節で説明しているが、それを学習せずに以下の大まかな発音に倣う人は、自分が強い地球訛りを使っている、と言うことを忘れないようにすべきである。

クリンゴン語の大雑把な発音

日本語	クリンゴン語	発音
はい	HIja'／HISlaH	ヒ**ジャッ** ／ヒシュ**ラフ**
いいえ	ghobe'	ゴゥ**ベッ**
終わった！やり遂げた！	pItlh	ピトゥル
なるほど！ そうか！	toH	トウフ
なぜこんなことに？ ／何が起きてるんだ？	chay'	チャイッ
分かりません	jIyajbe'	ジ**ヤジ**ベッ
どうでもいい	jISaHbe'	ジ**シャフ**ベッ
問題ない！	qay'be'	カィッ・**ベッ**
クリンゴン語を話すか？	tlhIngan Hol Dajatlh'a'	**トゥリ**ンガン ホゥル ダジャトゥル・**アッ**
クリンゴン語は 話せません	tlhIngan Hol vIjatlhlaHbe'	**トゥリ**ンガン ホゥル ヴィ**ジャトゥル**ラフ **ベッ**

良いレストランは どこだ？	nuqDaq ‘oH Qe’ QaQ’e’	**ヌーク**ダク・オフ クェッ **クァク**・エッ
トイレはどこだ？	nuqDaq ‘oH puchpa’’e’	**ヌーク**ダク・オフ プーチュ**パッ**・エッ
残りの燃料は どれぐらいだ？	nIn ‘ar wIghaj	ニン・アる ウィ**ガジ**
断る／やりたくない	Qo’	クォッ
彼に餌をやれ！	yIje’	ユイ**ジェッ**
お前は正しい	bIlugh	ビ**ルーグ**
お前は間違っている	bIlughbe’	ビルーグ**ベッ**
お邪魔ですか？	qaSuj’a’	カシュージュ・**アッ**
ありがとう (私はあなたに感謝する)	qatlho’	カ**トゥロゥッ**
ありがとう（私は あなた達に感謝する）	Satlho’	シャ**トゥロゥッ**
すみません	jIQoS	ジ**クォゥシュ**
それは私の責任じゃない	pIch vIghajbe’	ピチ ヴィガジ**ベッ**
私のクロノメーターは 止まってしまった	tlhaqwIj chu’Ha’lu’pu’	**トゥラク**ウィジ チューッ**ハッ**ルッ プーッ
エンジンが オーバーヒートします	tujqu’choH QuQ	トゥージ**クーッ** チョゥフ クーク
私の靴はどこで洗える？	nuqDaq waqwIj vIlamHa’choHmoH	**ヌーク**ダク **ワク**ウィ ジ ヴィラム**ハッ** チョゥフモゥフ
それは痛いか？	’oy’’a’	オイッ・**アッ**
私を転送収容しろ	HIjol	ヒ**ジョゥル**
転送ビームを 作動させろ！	jol yIchu’	ジョゥル ユイ**チューッ**

降伏か、死か！	bIjeghbe'chugh vaj bIHegh	ビジェグ**ベッ**チュー グ ヴァジ ビ**ヘグ**
カクテルラウンジで 会おう	tachDaq maghom	**タチュ**ダク マ**ゴゥム**
お前の鼻は輝いている	boch ghIchraj	ボゥチュ **ギチ**らジ
自分の本能に従え	Duj tIvoqlaH	ドゥージ ティ**ヴォク**ラフ
ここには クリンゴンがいるぞ	naDev tlhInganpu' tu'lu'	ナ**デヴ** トゥリンガン **プーッ トゥッ**ルッ
彼／彼女に話すな！	yIja'Qo'	ユイジャッ**クォッ**
こっちへ来い！	HIghoS	ヒ**ゴゥシュ**
牢に入れ	bIghHa'Daq yIghoS	ビグ**ハッ**ダク ユイ**ゴゥシュ**
彼をスクリーンに映せ	yIHotlh	ユイ**ホゥトゥル**
それは不運だったな	Do'Ha'	ドッ**ハッ**
分かった／理解した	jIyaj	ジ**ヤージ**
成功あれ！	Qapla'	クァプ**ラッ**
あなたは名誉とともに 記憶され続ける	batlh Daqawlu'taH	バトゥル ダ**カゥ**ルッタフ
バカめ！（罵倒語）	Ha'DIbaH	**ハッ**ディバフ
ここでは大したことは 起きてない	naDev qaS wanI' ramqu'	ナ**デヴ** カシュ ワ**ニッ** らム**クーッ**
理解したか？ ／分かったか？	yaj'a'	ヤジ・**アッ**
お前の船はゴミ運搬船だ	veQDuj 'oH DujlIj'e'	ヴェク**ドゥージ**・ オフ **ドゥージ**リジ・ **エッ**
私は頭痛がします	jIwuQ	ジ**ウーク**
急げ！	tugh	トゥーグ
良くやった！／見事だ！	majQa'	マジ**クァッ**

何が欲しい？（挨拶）	nuqneH	ヌーク**ネフ**
オーケー／了解	lu' ／ luq	ルーッ／ルーク
湯はいつ沸くんだ？	ghorgh tujchoHpu' bIQ	ゴゥるグ **トゥージ** チョゥフプーッ ビク
この席は空いてるか？	quSDaq ba'lu''a'	**クーシュ**ダク **バッ**ルッ・アッ
私のコミュニケーターが 見つかりません	QumwI'wIj vItu'laHbe'	クーム**ウィッ**ウィジ ヴィ **トゥーッ** ラフ **ベッ**
このヘルメットは あなたに似合う	Du'IHchoHmoH mIvvam	ドゥーッ**イフ**チョゥ フモゥフ **ミヴ**ヴァム
お前には休息が必要だ	bIleSnIS	ビ**レシュ**ニシュ
今すぐ支払え！	DaH yIDIl	ダフ ユィ**ディル**
走る男は一夜に 4000のノドを切り裂く	qaStaHvIS wa' ram loS SaD Hugh SIjlaH qetbogh loD	**カシュ**タフヴィシュ ワッ らム ロゥシュ シャド フーグ **シジ**ラフ **ケト**ボゥグ ロゥド
復讐は冷やして 食べるのが最高の料理だ	bortaS bIr jablu'DI' reH QaQqu' nay'	ボる**タシュ** ビる **ジャブ**ルッ**ディッ** れフ クァク**クーッ** ナィッ
それの値段は いくらですか？	Dochvetlh DIlmeH Huch 'ar DaneH	**ドゥチュ**ヴェトゥル **ディル**メフ フーチュ ・アル ダ**ネフ**
私は道に迷いました	jIHtaHbogh naDev vISovbe'	**ジフ**タフボゥグ ナ**デ** **ヴ** ヴィショゥヴ**ベッ**
私はそれを 食べられません	Dochvetlh vISoplaHbe'	**ドゥチュ**ヴェトゥル ヴィ **ショゥプ**ラフ ベッ

私はそれを飲めません	Dochvetlh vItlhutlhlaHbe’	**ドウチュ**ヴェトゥル ヴィ**トゥルートゥル**ラフ**ベッ**
失せろ！ ここから去れ！	naDevvo’ yIghoS	ナデヴ**ヴォッ** ユイ**ゴゥシュ**
これはどう使うんだ？	chay’ Dochvam vIlo’	チャイッ **ドウチュ**ヴァム ヴィ**ロゥッ**
これはどこに設置しますか？	nuqDaq Dochvam vIlan	**ヌーク**ダク **ドウチュ**ヴァム ヴィ**ラン**
私は彼／彼女に会ったことはない	not vIleghpu’	ノゥト ヴィ**レグ**プーッ
私はそれをやってない	vIta’pu’be’	ヴィ**タッ**プッ**ベッ**
私はそこに居なかった	pa’ jIHpu’be’	パッ **ジフ**プッ**ベッ**
体調が悪そうだぞ	bIpIvHa’law’	ビピヴ**ハッ**ラゥッ
お前はとても醜い	bImoHqu’	ビモゥフ**クーッ**
お前は嘘をついている	bInep	ビ**ネプ**
静かにしろ！	yItamchoH	ユイ**タム**チョゥフ
静かにしろ！（話すな）	yIjatlhQo’	ユイジャトゥル**クォッ**
静かにしろ！(話すのをやめろ)	bIjatlh ‘e’ yImev	ビ**ジャトゥル** エッ ユイ**メヴ**
どこで寝ればいい？	nuqDaq jIQong	**ヌーク**ダク ジ**クォゥング**
それは噛むのか？	chop’a’	チョゥプ・**アッ**
私の書いた原稿を読むか？	ghItlh vIghItlhta’bogh DalaD’a’	ギトゥル ヴィ**ギトゥル**タッボゥグ ダラド・**アッ**
どこにチョコレートをしまっている？	nuqDaq yuch Dapol	**ヌーク**ダク ユーチュ ダ**ポゥル**

補遺

序

この辞典の原版［初版では前ページまでで一冊に収まっていた］では、完全なクリンゴン語の解説を入れる事は意図しておらず、より重要な文法の特色や、代表的な語彙のサンプルについての概略に留めた。出版以降も、この言語の研究は持続し、さらに多くを学ぶ事ができた。残念な事に、いくつかの要因、最近の政治的変化や、現在このセクターの多くに影響を与えている不況などのために、研究資金の確保がさらに困難になり、この言語の分析が遅れ、完了にはまだ遠い。実際、クリンゴン・エンサイクロペディアやロミュラン名言集を含む、多くの価値あるプロジェクトの進行が停滞している。それでもなお、クリンゴン語に関する新情報は十分に収集されており、簡潔なものであっても、追補を当辞典に加える事は有益であると思われる。

この追補では、当辞典本文における節と同じ番号を付けたため、相互に参照しやすくなっている。

再び、筆者はこのプロジェクトの予算を援助してくれた連邦科学調査評議会に感謝したい。そして、より重要な事に、この努力を可能にしてくれた方々を本当に称賛したい——自分たちの言語と文化を、我々と共有したいと熱望している多くのクリンゴンたちに。そういう方々が増加したことを嬉しく思う。taHjaj boq.

3
名 詞

[3.3.1.] 1類：増大辞／指小辞

-oy「愛称」

これは頻繁には使われないが、それでも非常に興味深い名詞接尾辞である。それは子音でなく母音から始まる、とても特異な接尾辞だからだ。(実例は見つかっていないが、母音で終わるいくつかの名詞の場合は、この接尾辞の前に ' が挿入されるのではないかと思われる）この接尾辞は、大抵の場合は親族を指す名詞（母、父、など）に続くが、また動物を表す名詞、特にペットや、それが何であれ話者が特に好きなものを指す名詞にも続ける事ができる。

vav「父、父親」　vavoy「パパ、父ちゃん」
vlghro'「猫」　vlghro'oy「猫ちゃん、にゃんこ」

4
動詞

[4.2.6.] 6類：限定

-ba'「明らかに、はっきりと、まず間違いなく」

この接尾辞は、話者が自分の主張は聞き手にとって明白であると考えている時に使われる。にもかかわらず、まだ疑問の余地があり、この接尾辞は -bej「確実に、間違いなく」ほどは強い確信を意味しない。

nepwI' Daba'「彼／彼女は明らかに嘘をついている」
（nepwI'「嘘つき」、Da「…のように行動する、振る舞う」）

[4.2.9.] 9類：文法標識

-mo'「〜なので、〜のせいで、〜だから」

この接尾辞は5類名詞接尾辞 -mo' と同一であり、同じ意味「〜が原因で、〜のせいで」を持つ。

bIqanmo'「お前が老いたせいで」（qan「老いた」）
Heghpu'mo' yaS「士官が死んだから」（Hegh「死ぬ」、yaS「士官」）

-jaj「願わくは、〜ならんことを」

この接尾辞は、話者の、未来における何かしらの願望を表現するために使用される。これが使われる時、7類のアスペクト接尾辞は現れない。-jaj はしばしば「〜しますように、〜であるように、〜なら良い」と訳され、悪態や乾杯の挨拶で特に役に立つ。

jaghpu'lI' DaghIjjaj「あなたが敵を恐れさせますように」
(jaghpu'lI'「あなたの敵たち」、ghIj「恐れさせる」)
tlhonchaj chIljaj「願わくは彼らが鼻の穴を失くさんことを」
(tlhonchaj「彼らの鼻の穴」、chIl「失う」)

-ghach「名詞化」

クリンゴン語では、名詞と動詞が同形の例が多数存在する(例:ta'「達成/達成する」)。全ての動詞が名詞として使えるかどうかは分からないが、接尾辞で終わる動詞(-Ha'「取り消し」が付いた lobHa'「背く」など)は名詞として扱われない。9類接尾辞 -ghach は、そのような動詞であっても名詞の形にするために用いられる。

以下の例で比較して欲しい:

lo'「使用、使う事」(lo'「使う、利用する」)
lo'laHghach「価値」(lo'laH「価値がある」)
lo'laHbe'ghach「無価値」(lo'laHbe'「価値が無い」)

naD「推薦」(naD「薦める」)
naDHa'ghach「非難、叱責」(naDHa'「非難する」)
naDqa'ghach「再推薦」(naDqa'「再び推薦する」)

[ここでは明言されてないが、のちに -ghach を使う時には「接頭辞なし」で「他の動詞接尾辞をひとつ以上、必ず動詞との間に挟まなければならない」というルールが明らかになった]

5

その他の種類の語

[5.4.] 副詞

辞典原版で提示された副詞リストは、下記の語彙の追加により拡充された。

ghaytan「たぶん、恐らく、ありそうな」
jaS「異なって、違って～する」
nIteb「一人・単独で、独力で～する」
pe'vIl「力強く、強烈に～する」
SIbI'「ただちに、即刻、間髪を入れずに～する」

副詞が文の初めにだけ来るものと言う初期の頃の考えは、完全に正確ではないと分かって来た。詳しい解説は、6.7 節を参照。

非常に特殊な役割を担うにもかかわらず、(neH「～するだけ」に加えて) このカテゴリに収められるもうひとつの単語がある。

jay'「激烈化」

この単語は発言された何らかの単語を激化させるだけというわけではなく、文章全体を罵倒・毒舌に変える。副詞の中で唯一、jay' は文の最後に来る。

qaStaH nuq jay'「何が起きていやがるんだ！」
(**qaStaH**「それが起きている」、**nuq**「何が」)
mIch 'elpu' jay'「＊＊野郎どもがセクターに入りやがったぞ！」
(**mIch**「セクター」、**'elpu'**「彼らがそこに入る」)

[5.5.] 感嘆詞

結論から言うと、「罵倒」はクリンゴンの間では芸術である。この辞典の以前の版では3語だったリストに、さらに多くの罵倒語が加わる。罵倒語の、さまざまな場に即した使い方が明白に分かっているわけではないものの、いくつかは明らかに悪名（あだ名・悪口として人を呼ぶもの）であり、それ以外はより一般的な用いられ方をするようである。以下にいくつかの、罵倒語の追加分をまとめる。

悪名	一般的罵倒語
petaQ	va
toDSaH	ghay'cha'
taHqeq	baQa'
yIntagh	Hu'tegh
Qovpatlh	

罵倒語 va は、実際は Qu'vatlh の短縮されただけのものである。toDSaH は互いに嫌い合っている相手を呼ぶ場合に、ghay'cha'(または ghuy'cha') は不快な知らせを聞いた時に使われる。

副詞 jay'「激烈化」も罵倒として有効である点も留意すべし（5.4 節）。

6
文法

[6.4.] 疑問文

付加疑問文（発言の終わりに「〜ですよね？」などが付く疑問文）は、動詞 **qar**「正確な」＋接尾辞 **-'a'**「疑問」を使って作られる。この語は動詞に続くか、または文の最後に付く。以下の例はどちらも正しい：

De' Sov qar'a' HoD
De' Sov HoD qar'a'
「船長はその情報をご存じですよね？」
（**De'**「情報」、**Sov**「彼／彼女はそれを知っている」、**HoD**「船長」）

[6.7.] 副詞の配置

以前は、（neH「〜だけ」を除く）全ての副詞は文全体の先頭に来ると考えられていた。多くの場合はその通りだが、副詞が［目的語－動詞－名詞構文］の直前に置かれる実例もある。それ以外の種の要素は副詞に先行する事が可能である。最もよく聞かれるのは時間要素（「今日」や「6 時」を表す名詞）である。

DaHjaj nom Soppu'「今日は、彼らは急いで食べた」
（**DaHjaj**「今日」、**nom**「急いで、速く」、**Soppu'**「彼らは食べた」）

目的語の名詞が名詞接尾辞 -'e' により主題化（3.3.5 節参照）されてい

る時は、副詞が目的語の名詞に後続する（ただし依然として動詞には先行する）と言う実例がある。

Haqwl''e' DaH ylSam「外科医を今すぐ見つけろ！」
（Haqwl'「外科医」、DaH「今」、ylSam「彼／彼女を見つけろ」）

[6.8.] 間接目的語

動詞の目的語は動作の対象であり、間接目的語はその受取人と見なされる。クリンゴン語の文では、間接目的語は5類名詞接尾辞 -vaD「…のために」を伴って目的語に先行する。この接尾辞は、名詞にも代名詞にも付けられる。

yaSvaD taj nobpu' qama'「捕虜は士官にナイフを渡した」
（yaS「士官」、taj「ナイフ」、nobpu'「渡す、与える」、qama'「囚人、捕虜」）
chaHvaD Soj qem yaS「士官は彼らに食事を持って行く」
（chaH「彼ら／彼女ら」、Soj「飲食物」、qem「持って来る·行く」、yaS「士官」）

クリンゴン語ー日本語

【b】

bagh　（動）結ぶ
beQ　（動）平らな、平坦な
betleH　（名）バトラフ（武器の一種）
bIj　（動）罰する、懲らしめる
bIj　（名）罰、刑罰
bIreQtagh（名）ブレギットの肺（料理名）
boQ　（名）手伝い、援助、補佐

【ch】

chab　（名）パイ、タルト、ダンプリング
chIl　（動）失う、失くす
chov　（動）評価する、審査・査定する
cho’　（名）継承、相続
cho’　（動）継承する、相続する
chuS’ugh（名）弦楽器の一種
chu’wI’　（名）トリガー

【D】

Da　（動）振る舞う、…のようにする
DaHjaj　（名）今日
Daj　（動）確実な証明にならない（[主語] は [目的語] の～）
Daq　（名）場所、位置

Dargh　（名）茶
Degh　（名）紋章、シンボル、勲章、徽章、エンブレム
DI　（名）ごみ、瓦礫、破片、デブリ
DoD　（名）マーク（座標を指定する時）
DungluQ　（名）正午
Duy'a'　（名）大使

【gh】
ghaytan　（副）たぶん、恐らく、ありそうな
ghew　（名）虫
ghe''or　（名）グレトール（不名誉な者の魂が行く死後の世界）
ghoch　（動）追跡する、追い詰める
ghojmoq　（名）乳母、保母、子守り
ghuv　（名）新兵、補充兵、新入生、新入社員

【H】
Haqtaj　（名）メス（手術用ナイフ）
HaqwI'　（名）外科医
Hegh　（名）死
Hergh QaywI', HerghwI'
（名）ハイポ、気圧皮下注射
HIj　（動）配達する
HoH　（名）殺害、殺す事

【j】
jaS　（副）異なって、違って～する
jatlh　（動）話す（…を）、…と言う
jay'　（副）激烈化
ja'chuq　（名）継承の儀式（古風）
jech　（名）衣装、装束
jey　（名）旅程、旅行プラン・予定
jIH　（動）監視する、モニターする
jogh　（名）宇宙域、象限（円の 1/4）
juHqo'　（名）故郷の星、ホームワールド

【l】

lagh　（名）少尉

lagh　（動）分解する、ばらばらにする

latlh　（名）もうひとつ、もうひとり、他のひとつ・ひとり

la'quv　（名）最高司令官

la''a'　（名）司令長官

len　（名）休憩、小休止

leSSov　（名）先見の明

lIngwI'　（名）発電機、発生器、ジェネレーター

lo'　（名）使用、利用法、用途、モード

lupDujHom（名）シャトルクラフト

【m】

matlh　（動）忠実な、忠義な

mej　（動）去る（…を）、（…から）出発する

meqba'　（名）メクバ、法的手続きの一種

mIw　（名）過程、手順、手続き

morgh　（動）抗議する、異議を唱える

mun　（動）間に入る、介入・介在する

muvmoH　（動）採用する（新兵・新人を）、軍務に就かせる

muvtay　（名）加入式、入会・入門式

【n】

nab　（名）計画、手段、プラン

naD　（動）薦める、推薦する

naD　（名）推薦、推奨、称賛

naDHa'　（動）非難する、叱責する

naDHa'ghach

（名）非難、叱責

naH　（名）果物、野菜

naQ　（動）完全な、一体の、欠けていない、全部そろった

naQ　（名）杖、棒

nargh　（動）逃げる、脱出する

nejwI' （名）探査機、プローブ
nenghep （名）元服の年齢
nentay （名）元服の儀式（飛翔の儀式）
nImbuS wej（名）ニンバス３号星
nIS （動）妨害する、邪魔する、分裂させる
nIteb （副）一人・単独で、独力で～する
nItlhpach（名）爪、手の指の爪
noH （名）戦争（具体形、個々の）
notlh （動）すたれた、旧式・時代遅れの
nuHmey （名）備蓄武器、（武器庫）
nuqjatlh （感）え？、なんだって？、何て言った？

【ng】
ngeHbej （名）宇宙（コスモス）
ngoch （名）政策、方針、ポリシー

【p】
pach （名）爪
patlh （名）階級、地位、層、ランク、レベル
peHghep （名）参入の年齢
peQ （名）磁力、磁気
peQ chem（名）磁気フィールド、磁場
pe' vIl （副）力強く、強烈に～する
pIn' a' （名）名人、達人、師匠、マスター
pIpyuS （名）ピピアス（食べ物）
pIw （名）匂い、香り
pop （名）報酬、褒美
potlh （動）重要な、大切な

【q】
qaD （名）挑戦、チャレンジ
qaD （動）挑戦する、挑む
qagh （名）ガーグ（食べ物として）
qaq （動）より好ましい、より望ましい

qar	（動）	正確な、精密な
qawHaq	（名）	メモリーバンク
qel	（動）	検討する、考慮に入れる（～を）
qIt	（動）	可能な
qo'	（名）	世界
qughDuj	（名）	巡洋艦、クルーザー
qumwI'	（名）	総督、統治者
qutluch	（名）	カ・ルーチ（武器の一種）
quv	（名）	名誉（具体形、個人の）
quv	（動）	名誉ある、光栄に思って
quvmoH	（動）	栄誉を授ける、称える

【Q】

QaH	（名）	助け、助力、支援
Qang	（名）	宰相、総裁（クリンゴン元老院の）
QI' tomer	（名）	キトマー（惑星）
QI' tu'	（名）	クィトゥー、楽園、パラダイス
Qol	（動）	転送降下する、船から他へ転送する
Qo'	（感）	嫌だ、断る、反対する
Qo' noS	（名）	クロノス（惑星）

【r】

ra' ghomquv	（名）	最高司令部
rI'	（動）	呼びかける
rI' Se'	（名）	呼びかけ用周波数（宇宙周波）
ro' qegh' Iwchab	（名）	ロケッグの血のパイ
ruch	（動）	続ける、続行する、行う
rura' pente'	（名）	ルラ・ペンテ（惑星）
ruStay	（名）	ルスタイ（養子などを家族に迎える儀式）

【S】

Sam	（動）	見つけ出す、探し出す
SIbI'	（副）	ただちに、即刻、間髪を入れずに～する

Sogh　（名）大尉
Soj　（名）食べ物、飲み物
Sonchly　（名）ソンチー（指導者の死の儀式）
Sov　（名）知識
SuD　（動）賭ける、危険を冒す、リスクを負う
Sugh　（動）任命する、職に就かせる
Suvwl'　（名）戦士（具体形、個々の）

【t】
tagh　（名）肺
tagh　（動）始める、～を開始する
taH　（動）続ける、持続する、生き残る
targh　（名）ターグ
tay　（名）儀式、儀礼、セレモニー
tob　（動）決定的に証明する
toD　（名）救助、救援
toDuj　（名）勇気、勇敢さ
toQDuj　（名）バード・オブ・プレイ（宇宙船）
totlh　（名）代将
toy'wl''a'　（名）奴隷

【tlh】
tlham　（名）重力、引力
tlhIj　（動）謝罪する
tlhIlHal　（名）鉱山、鉱床、炭鉱
tlhIngan Hubbeq
（名）クリンゴン防衛艦隊
tlhob　（動）頼む、懇願する、要請する
tlho'　（名）感謝（の念）、謝意
tlho'　（動）感謝する、礼を述べる

【v】
vaj　（名）戦士（概念形、イメージとしての）、戦士らしさ
van　（名）敬礼、賛辞

van' a' （名）賞
vaq （動）あざける、～を馬鹿にする
vaS （名）ホール、公会堂、集会場
vaS' a' （名）グレートホール、大会堂
veH tIn （名）グレート・バリア（銀河系中心を囲んでいるバリア）
veqlargh （名）フェックラー、悪魔（グレトールの支配者）
verengan （名）フェレンギ（人）
veSDuj （名）戦艦
vID （動）交戦中の
vIH （動）動いている、作動・運動中である
vIt （名）真実、事実
vI' （名）射撃術、射撃の腕前

【w】
weQ （名）ろうそく
woj （名）放射、放射線
woj choHwI' （名）反応炉、リアクター
wuq （動）決める、～を決定する

【y】
yagh （名）有機体、生命体
yaH （動）持ち去られた、奪われた
yejquv （名）最高評議会

【‘】
‘aH （名）装備品、装置、道具一式
‘aj （名）提督
‘ech （名）准将
‘evnagh （名）亜空間
‘oD （動）仲裁する、調停する
‘otlh （名）光子
‘oy' naQ （名）ペインスティック（電気槍）

日本語ークリンゴン語

【あ】

間（あいだ）に入る、介入・介在する　（動）　mun

亜空間　（名）　'evnagh

あざける、～を馬鹿にする　（動）　vaq

【い】

衣装、装束　（名）　jech

一体の、完全な、欠けていない、全部そろった　（動）　naQ

嫌だ、断る、反対する　（感）　Qo'

【う】

動いている、作動・運動中である　（動）　vIH

失う、失くす　（動）　chIl

宇宙（コスモス）　（名）　ngeHbej

宇宙域、象限（円の 1/4）　（名）　jogh

乳母、保母、子守り　（名）　ghojmoq

【え】

え？、なんだって？、何て言った？　（感）　nuqjatlh

栄誉を授ける、称える　（動）　quvmoH

【か】

ガーグ（食べ物として）　（名）　qagh

階級、地位、層、ランク、レベル	（名）	patlh
([主語]は[目的語]の〜) 確実な証明にならない	（動）	Daj
賭ける、危険を冒す、リスクを負う	（動）	SuD
過程、手順、手続き	（名）	mIw
可能な	（動）	qIt
カ・ルーチ（武器の一種）	（名）	qutluch
監視する、モニターする	（動）	jIH
感謝（の念）、謝意	（名）	tlho'
感謝する、礼を述べる	（動）	tlho'
完全な、一体の、欠けていない、全部そろった	（動）	naQ

【き】

儀式、儀礼、セレモニー	（名）	tay
キトマー（惑星）	（名）	QI'tomer
決める、〜を決定する	（動）	wuq
休憩、小休止	（名）	len
救助、救援	（名）	toD
今日	（名）	DaHjaj

【く】

果物、野菜	（名）	naH
クリンゴン防衛艦隊	（名）	tlhIngan Hubbeq
グレート・バリア（銀河系中心を囲んでいるバリア）	（名）	veH tIn
グレートホール、大会堂	（名）	vaS'a'
グレトール（不名誉な者の魂が行く死後の世界）	（名）	ghe''or
クロノス（惑星）	（名）	Qo'noS

【け】

計画、手段、プラン	（名）	nab
継承、相続	（名）	cho'
継承する、相続する	（動）	cho'
継承の儀式（古式）	（名）	ja'chuq
敬礼、賛辞	（名）	van
外科医	（名）	HaqwI'

激烈化　（副）jay'
決定的に証明する　（動）tob
弦楽器の一種　（名）chuS'ugh
（〜を）検討する、考慮に入れる　（動）qel
元服の儀式（飛翔の儀式）　（名）nentay
元服の年齢　（名）nenghep

【こ】
抗議する、異議を唱える　（動）morgh
鉱山、鉱床、炭鉱　（名）tlhIlHal
光子　（名）'otlh
交戦中の　（動）vID
故郷の星、ホームワールド　（名）juHqo'
異なって、違ったやり方で〜する　（副）jaS
ごみ、瓦礫、破片、デブリ　（名）DI

【さ】
最高司令官　（名）la'quv
最高司令部　（名）ra'ghomquv
最高評議会　（名）yejquv
宰相、（クリンゴン元老院の）総裁　（名）Qang
（新兵・新人を）採用する、軍務に就かせる　（動）muvmoH
殺害、殺す事　（名）HoH
（…を）去る、（…から）出発する　（動）mej
参入の年齢　（名）peHghep

【し】
死　（名）Hegh
ジェネレーター、発電機、発生器　（名）lIngwI'
磁気フィールド、磁場　（名）peQ chem
射撃術、射撃の腕前　（名）vI'
謝罪する　（動）tlhIj
シャトルクラフト　（名）lupDujHom
重要な、大切な　（動）potlh

重力、引力	（名） tlham
准将	（名） 'ech
巡洋艦、クルーザー	（名） qughDuj
使用、利用法、用途、モード	（名） lo'
賞	（名） van'a'
少尉	（名） lagh
正午	（名） DungluQ
磁力、磁気	（名） peQ
司令長官	（名） la''a'
真実、事実	（名） vIt
新兵、補充兵、新入生、新入社員	（名） ghuv
シンボル、紋章、徽章、エンブレム	（名） Degh

【す】

推薦、推奨、称賛	（名） naD
薦める、推薦する	（動） naD
すたれた、旧式・時代遅れの	（動） notlh

【せ】

正確な、精密な	（動） qar
政策、方針、ポリシー	（名） ngoch
世界	（名） qo'
戦艦	（名） veSDuj
先見の明	（名） leSSov
戦士（概念形、イメージとしての）、戦士らしさ	（名） vaj
戦士（具体形、個々の）	（名） SuvwI'
戦争（具体形、個々の）	（名） noH

【そ】

総督、統治者	（名） qumwI'
装備品、道具一式	（名） 'aH
ソンチー　（指導者の死の儀式）	（名） SonchIy

【た】

ターグ	（名） targh
大尉	（名） Sogh
大使	（名） Duy'a'
代将	（名） totlh
平らな、平坦な	（動） beQ
助け、助力、支援	（名） QaH
ただちに、即刻、間髪を入れずに～する	（副） SIbI'
頼む、懇願する、要請する	（動） tlhob
たぶん、恐らく、ありそうな	（副） ghaytan
食べ物、飲み物	（名） Soj
探査機、プローブ	（名） nejwI'

【ち】

力強く、強烈に～する	（副） pe'vIl
知識	（名） Sov
茶	（名） Dargh
仲裁する、調停する	（動） 'oD
忠実な、忠義な	（動） matlh
挑戦、チャレンジ	（名） qaD
挑戦する、挑む	（動） qaD

【つ】

追跡する、追い詰める	（動） ghoch
杖、棒	（名） naQ
続ける、持続する、持ちこたえる、生き残る	（動） taH
続ける（～を）、続行する、行う	（動） ruch
爪	（名） pach
爪、手の指の爪	（名） nItlhpach

【て】

提督	（名） 'aj
手伝い、援助、補佐	（名） boQ
転送降下する、船から他へ転送する	（動） Qol

【と】

トリガー	（名）chu'wI'
奴隷	（名）toy'wI''a'

【な】

なんだって？、何て言った？、え？	（感）nuqjatlh

【に】

匂い、香り	（名）pIw
逃げる、脱出する	（動）nargh
入会・入門・加入式	（名）muvtay
ニンバス３号星	（名）nImbuS wej
任命する、職に就かせる	（動）Sugh

【の】

飲み物、食べ物	（名）Soj

【は】

バード・オブ・プレイ（宇宙船）	（名）toQDuj
肺	（名）tagh
パイ、タルト、ダンプリング	（名）chab
配達する	（動）HIj
ハイポ、気圧皮下注射	（名）Hergh QaywI', HerghwI'
始める、～を開始する	（動）tagh
場所、位置	（名）Daq
罰、刑罰	（名）bIj
罰する、懲らしめる	（動）bIj
発電機、発生器、ジェネレーター	（名）IIngwI'
バトラフ（武器の一種）	（名）betleH
（…を）話す、…と言う	（動）jatlh
反応炉、リアクター	（名）woj choHwI'

【ひ】

備蓄武器、武器庫	（名） nuHmey
一人・単独で、独力で～する	（副） nIteb
非難、叱責	（名） naDHa'ghach
非難する、叱責する	（動） naDHa'
ピピアス（食べ物）	（名） pIpyuS
評価する、審査・査定する	（動） chov

【ふ】

フェックラー、悪魔（グレトールの支配者）	（名） veqlargh
フェレンギ（人）	（名） verengan
振る舞う、…のようにする	（動） Da
ブレギットの肺（料理名）	（名） bIreQtagh
分解する、ばらばらにする	（動） lagh

【へ】

ペインスティック（電気槍）	（名） 'oy'naQ

【ほ】

棒、杖	（名） naQ
妨害する、邪魔する、分裂させる	（動） nIS
放射、放射線	（名） woj
報酬、褒美	（名） pop
ホール、公会堂、集会場	（名） vaS

【ま】

マーク（座標）	（名） DoD
見つけ出す、探し出す	（動） Sam

【む】

虫	（名） ghew
結ぶ	（動） bagh

【め】

名人、達人、師匠、マスター	（名）	pIn'a'
名誉（具体形、個人の）	（名）	quv
名誉ある、光栄に思って	（動）	quv
メクバ（法的手続きの一種）	（名）	meqba'
メス（手術用ナイフ）	（名）	Haqtaj
メモリーバンク	（名）	qawHaq

【も】

もうひとつ、もうひとり、他のひとつ･ひとり	（名）	latlh
持ち去られた、奪われた	（動）	yaH
紋章、シンボル、勲章、徽章、エンブレム	（名）	Degh

【や】

野菜、果物	（名）	naH

【ゆ】

勇気、勇敢さ	（名）	toDuj
有機体、生命体	（名）	yagh

【よ】

呼びかけ用周波数（宇宙周波）	（名）	rI'Se'
呼びかける	（動）	rI'
より好ましい、より望ましい	（動）	qaq

【ら】

楽園、パラダイス、クィトゥー	（名）	QI'tu'
ランク、レベル、階級、地位、層	（名）	patlh

【り】

リスクを負う、危険を冒す、賭ける	（動）	SuD
旅程、旅行プラン・予定	（名）	jey
ルスタイ（養子などを家族に迎える儀式）	（名）	ruStay
ルラ・ペンテ（惑星）	（名）	rura' pente'

ろうそく （名） weQ
ロケッグの血のパイ （名） ro'qegh'Iwchab

訳者あとがき

Heghlu'meH QaQ jajvam（今日は死ぬには良い日だ）

初めまして、茶月（ちゃづき、chaDQI'）と申します。
今回こうしてクリンゴン語辞典を出版でき、非常にうれしく思います。

クリンゴン語は言語としては非常にシンプルで、動詞の活用、特に不規則変化など一切ありませんし、名詞の性も、冠詞が何種類もあるということも無く、文法は固定されていて一度覚えれば間違えようがなくなる、スペルと発音がほぼ正確に対応している、など、日本語ネイティブには覚えやすい言語だと言えるでしょう。一方で、日本語にない発音がいくつもあり、また現実の言語でもよく見られる非合理的な規則もあり、それが鬼門となる人も多いかもしれません。とは言っても全体にシンプルな事には変わりはなく、少し使っている内に文法や接尾辞の順番もきっと覚えられるでしょう。

この本は、23世紀の惑星連邦の言語学者が、映画『スター・トレック3 ミスター・スポックを探せ！』(1984) でカーク船長達の捕虜になったクリンゴン人マルツから聞き取り調査をしたレポートである、と言う体裁で書かれていて、言わばこの辞典全体が書簡体小説のようなフィクション作品である、と見る事も可能です。クリンゴン語の学習では、本当に実在の言語を学ぶ時の感覚で、架空の文化、クリンゴン人の考え方について深く思索を巡らせる事も出来るようになるでしょう。
たとえば、原著の発行時点では無かった例文のひとつに、このようなものがあります。

「あなたはどこに住んでいますか？」
→ **Daq DaDabbogh yIngu'！**

このクリンゴン語は直訳で「お前の住んでいる所を明示しろ！」となります。地球での疑問文が、クリンゴン語では命令文になるところが、いかにも「あの」クリンゴンらしく、言語学習で体験する、異文化に触れている感覚を味わえます。架空の文化を疑似体験できると言う点で、クリンゴン語はそれそのものがSFである、と言っても決して過言ではないと思っています。

クリンゴン語は1979年の映画『スター・トレック The Motion Picture』（TMP）で使われたいくつかの単語に始まります。これはスコッティ役ジェームズ・ドゥーアンとプロデューサーのジョン・ポヴィルによりドイツ語風の発音を取り入れて創作された物で、文法などは考慮されていませんでした。言語学者のマーク・オークランド博士は、映画『スター・トレック2』（1982）でヴァルカン語を作っていた実績から、『スター・トレック3』制作時に、クリンゴン語を本格的な言語として設定するよう依頼され、TMPで使われたわずかな単語と発音を出発点として、音韻構造や文法構造まで作り上げました。それが、この辞典に書かれているクリンゴン語です。この辞典は、もともとはオークランド博士が『スター・トレック3』のクリンゴン語のセリフを翻訳するために、自分用に作った単語メモが基礎となっています。

余談ですが、クリンゴン語の特徴的な音素tlhは、オークランド博士の本来の専門であるナバホ語やアステカ民族の言語・ナワトル語（nāhuatl）から取り入れられています。ナワトル語は日本ではあまりなじみがないかもしれませんが、アステカの神「ケツァルコアトル Quetzalcōātl」や、日本語に入っている「トマト」（元はtomatl）や「アボカド」（āhuacatl）もナワトル語から来ていて、これらの語尾のtlはクリンゴン語のtlhと同じ音なのです。

最初のクリンゴン語辞典は1985年に出版されました。本書は、1992年出版の、後半の追補が加えられたバージョンを底本として翻訳しました。辞典としては少々使いにくいとは思いますが、原著の構成のままにしてあります。

学習の助けに

クリンゴン語学会（Klingon Language Institute）
　https://www.kli.org/
　毎年、多くの新語が発表されている。

Android/iOS 用無料アプリ boQwI' が非常に有用である。
　このアプリの登場以前は、単語を調べるのに複数の本やウェブサイトを見たり、自分でノートに書き写して自作辞書を作るしかなかったが、最新の新語まで全てがこのアプリでの検索で事足りるようになった。クリンゴン語の単語ごとに簡単な説明や用例が載っていて、参考になるだろう。ただし、現在のところ英語・ドイツ語・クリンゴン語での検索しかできず、説明も英語・ドイツ語だけな点は残念。

iTunes ストアで**学習用カセットテープ "Conversational Klingon"** が購入できる。
　オークランド博士本人によるクリンゴン語の発音が聞ける、貴重な音源である。もうひとつ、"Power Klingon" と言うテープも推奨したいが、なぜかこちらは iTunes では売られていない。カセットテープが再生可能な環境をお持ちの方は、通販サイトで購入を。

阿佐ヶ谷村公民館「クリンゴン語講座」
　http://orange.zero.jp/qapla/asaga/stkc.html
　訳者の個人運営サイト。「解りやすく」を目標に書いてあるので、この辞典よりもっと平易で単刀直入な説明になっている、はず。

映画『スター・トレック 3』、『スター・トレック 5』、『スター・トレック 6』
　いずれも、本書の著者オークランド博士による翻訳と俳優への発音指導が行われており、登場するクリンゴン語は正統なものである。本書の（やや不自然に感じるであろう）例文の一部は、これらの映画で実際に使われているものなので、興味のある方はぜひ確認して欲しい。

スター・トレック：ディスカバリー
　Netflix オリジナル作品。第 1 シーズンのみ、字幕選択で「クリンゴン語」

が選択可能。また作中で話されているクリンゴン語も、クリンゴン語学会の会員が翻訳し、俳優に発音指導を行った正式なもので、リスニング教材にもなる。＊2025年現在、Netflixでの視聴が不可能となり、この字幕も見ることが出来なくなっている。

Duolingo

　クリンゴン語を選んで学習できる。ただし現在のところ、英語が母語の場合のみ。

参考書籍

　書籍類はいずれもAmazonなどで購入可能。

『銀河旅行者のためのクリンゴン語 *Klingon for the Galactic Traveler*』 Marc Okrand著

　数百語に及ぶ追加の辞典、より詳細な文法の説明、多数の慣用句やスラング、方言などが説明されたもの。これもクリンゴン語学習者には必携の書。

『シェイクスピア「ハムレット」英語－クリンゴン語対訳版 *The Klingon Hamlet*』 Klingon Language Institute著　Nick Nicholas and Andrew Strader翻訳

『シェイクスピア「空騒ぎ」英語－クリンゴン語対訳版 *Much Ado about Nothing*』 Klingon Language Institute著　Nick Nicholas翻訳

『「ギルガメシュ叙事詩」英語－クリンゴン語対訳版 *ghIlghameS*』 Roger Cheesbro翻訳

『老子「道徳経」英語－クリンゴン語対訳版 *Tao Te Ching*』 Agnieszka Solska翻訳

『「孫子の兵法」英語－クリンゴン語対訳版 *Sunzi's Art of War*』 Agniezka Solska翻訳

『サン＝テグジュペリ「星の王子さま」ドイツ語 - クリンゴン語対訳版 *ta'puq mach*』 Lieven L. Litaer 翻訳
　翻訳者は『スター・トレック：ディスカバリー』のクリンゴン語字幕の翻訳者。ドイツ語版クリンゴン語辞典も出版している。

『ルイス・キャロル「不思議の国のアリス」英語 - クリンゴン語対訳版 *QelIS boqHarmey*』 Lieven L. Litaer 翻訳

『フランク・バウム「オズの魔法使い」クリンゴン語翻訳 *'aS 'IDnar pIn'a' Dun*』 DeSDu' 翻訳

『ビアトリクス・ポター「ピーター・ラビット」英語 - クリンゴン語対訳版 *pIter cheS lut*』 Ester Lüken 翻訳

『「名誉の書」英語 - クリンゴン語対訳版 *paq' batlh*』 Marc Okrand 翻訳
『スター・トレック・ヴォイジャー』に登場したクリンゴンの古文書 paq'batlh を再現した体で、古代の伝説が語られる。一部に現代クリンゴン語の発音から逆算で作られたクリンゴン語の「古語」が使われており、より深い楽しみ方が出来るに違いない。

新単語集
　クリンゴン語には、このクリンゴン語辞典の後に出版された、辞典兼解説書である"*Klingon for the Galactic Traveler*"(1997) や、その後もクリンゴン語学会を通じて発表された単語が数多くある。もちろん、ほとんどがマルツよりもたらされた情報である。
　この本の帯に記載の QR コードを読み込むと、この本には載っていない数々の新単語や新構文、新しい表現の数々を収録してあるので、ぜひ一度ご覧いただきたい。

謝辞

本書の出版に際し、ご尽力していただいた丸屋九兵衛さま、クールな推薦文も書いてくださり、感謝してもしきれません。

装丁の藤田知子さま、このようなワケの分からない本に、スタイリッシュなデザインを授けて頂いたこと、感謝に堪えません。また、出版に関してド素人の私に辛抱強く付き合っていただいた、編集部の善元温子さま、そして、こんな酔狂な本を快く出版していただいた原書房さまに、深くお礼を申し上げます。

本書で使用した一部の訳語では、Webサイト「板橋クリンゴン資料館」のコウブチ・シンイチロウさまの訳を参考にさせていただいております。貴方のサイトがなければ、この本も生まれませんでした。深い敬意と感謝を捧げます。

最後に原著者オークランド博士。最大の謝意を、あなたと、あなたが産み出してくれた素晴らしい宝に。

SatIho'qu'！

この本で日本に一人でも多くのクリンゴン語学習者が生まれ、学習を続けてもらえるならば、それが私にとっての、最大の名誉です。

bIHaDtaHbe' chugh vaj bIHegh.

Qapla'！

【著 者】

マーク・オークランド

Marc Okrand

アメリカの言語学者。
ネイティブ・アメリカンの言語を専門とし、
《スター・トレック》シリーズで
ヴァルカン語、クリンゴン語を設定した。
ディズニーのアニメ映画
『アトランティス／失われた帝国』では
アトランティス語（インド・ヨーロッパ祖語である
という設定）を作成した。
現在もクリンゴン語の新語を続々と作り出している。

【訳 者】

茶月

（ちゃづき）

クリンゴン語を 30 年学習しているカラス。
世界一たい焼き屋の密度が高い町にいる。

THE KLINGON DICTIONARY: The Official Guide to Klingon Words and Phrases
by Marc Okrand

クリンゴン語辞典(ごじてん)

2025年2月28日　第1刷

著者…………マーク・オークランド

訳者…………茶月(ちゃづき)

装幀…………藤田知子(ふじたともこ)

発行者…………成瀬雅人
発行所…………株式会社原書房

〒160-0022 東京都新宿区新宿 1-25-13
電話・代表 03（3354）0685
http://www.harashobo.co.jp
振替・00150-6-151594

印刷…………新灯印刷株式会社
製本…………東京美術紙工協業組合

ISBN978-4-562-07514-0, Printed in Japan